KB108461

서정시를 쓰기 힘든 시대

서정시를 쓰기 힘든 시대

베르톨트 브레히트

박찬일 옮김

SCHLECHTE ZEIT FÜR LYRIK

Bertolt Brecht

차례

1부

노래 시 합창 Lieder Gedichte Chöre

Grabschrift 1919

Die rote Rosa nun auch verschwand.
Wo sie liegt, ist unbekannt.
Weil sie den Armen die Wahrheit gesagt
Haben die Reichen sie aus der Welt gejagt.

묘비명 1919[1)]

빨간빛 로자도 이제 사라졌다.
어디에 그녀가 누워 있는지 알려져 있지 않다.
가난한 자들에게 진실을 말했다는 이유로
부유한 자들이 그녀를 세상 밖으로 쫓아냈다.

(1929)

Das Lied von der Suppe

1

Wenn du keine Suppe hast
Wie willst du dich da wehren?
Da mußt du den ganzen Staat
Von unten nach oben umkehren
Bis du deine Suppe hast.
Dann bist du dein eigener Gast.

2

Wenn für dich keine Arbeit zu finden ist
Das mußt du dich doch wehren!
Da mußt du den ganzen Staat
Von unten nach oben umkehren
Bis du dein eigener Arbeitgeber bist.
Worauf für dich Arbeit vorhanden ist.

3

Wenn man über deine Schwäche lacht
Darfst du keine Zeit verlieren.
Da mußt du dich kümmern drum
Dass alle, die schwach sind, marschieren.
Dann seid ihr eine große Macht.

국에 관한 노래

1

네가 국 한 그릇조차 먹을 수 없다면
너는 어떻게 싸워야 하겠는가?
너는 나라 전부를 아래에서부터
위로 전복시켜야 한다
네가 국을 가질 때까지.
그러면 너는 너 자신의 손님이 된다.

2

네가 일자리 하나조차 찾을 수 없다면
그때 너는 정말 싸워야 한다!
그때 너는 나라 전부를 아래에서부터
위로 전복시켜야 한다
네가 자기의 고용주가 될 때까지.
그다음 네 일자리가 존재하게 된다.

3

사람들이 너의 약점에 대해 비웃어도
너는 시간을 잃어서는 안 된다.
네가 관심 둬야 할 것은
약한 사람들 모두가 행진하는 일이다.[2]
그러면 그대들의 권력은 크다.

Worauf keiner mehr lacht.

그다음 누구도 비웃지 않게 된다.

(1931년경)

Lob der Partei

Der einzelne hat zwei Augen
Die Partei hat tausend Augen.
Die Partei sieht sieben Staaten
Der einzelne sieht eine Stadt.
Der einzelne hat seine Stunde
Aber die Partei hat viele Stunden.
Der einzelne kann vernichtet werden
Aber die Partei kann nicht vernichtet werden
Denn sie ist der Vortrupp der Massen
Und führt ihren Kampf
Mit den Methoden der Klassiker, welche geschöpft sind
Aus der Kenntnis der Wirklichkeit.

당을 찬양함[3]

개인은 두 눈을 가지고
당은 수천의 눈을 가진다.
당은 일곱 국가를 보는데
개인은 도시 하나를 본다.
개인은 자기 시간을 가지게 되나
당은 많은 시간을 갖는다.
개인은 무력화될 수 있으나
당은 무력화될 수 없다,
그럴 것이 당은 대중의 선봉장으로서
자기 전투를 수행하기 때문이다
실전 지식에서 길러지는 것으로
거장들이 쓰는 방법이다.

(1931년경)

2부

스벤보르 시집[4] Svendborger Gedichte

Ulm 1592

Bischof, ich kann fliegen
Sagte der Schneider zum Bischof.
Paß auf, wie ich's mach!
Und er stieg mit so 'nen Dingen
Die aussahn wie Schwingen
Auf das große, große Kirchendach.
Der Bischof ging weiter.
Das sind lauter so Lügen
Der Mensch ist kein Vogel
Es wird nie ein Mensch fliegen
Sagte der Bischof vom Schneider.

Der Schneider ist verschieden
Sagten die Leute dem Bischof.
Es war eine Hatz.
Seine Flügel sind zerspellet
Und er liegt zerschellet
Auf dem harten, harten Kirchenplatz.
Die Glocken sollen läuten
Es waren nichts als Lügen
Der Mensch ist kein Vogel
Es wird nie ein Mensch fliegen

울름 1592

주교님, 나는 날 수 있어요.
재단사가 주교에게 말했습니다.
잘 보세요, 내가 어떻게 하는지를.
그리고 그는 날개처럼 보이는
몇 가지 물건을 가지고 높은
아주 높은 성당 지붕 위에 올라갔습니다.
주교는 발걸음을 옮겼습니다.
거짓말이야, 거짓말.
인간은 새가 아니야.
인간은 날지 못할 거야.
주교는 재단사를 두고 말했습니다.

재단사가 죽었어요.
사람들이 주교에게 말했습니다.
난리였어요.
날개는 갈기갈기 찢어졌고요.
그 자신은 조각나서 딱딱한
딱딱한 교회 마당에 누워 있어요.
종을 치시오.
그것은 거짓말에 불과했소.
인간은 새가 아니오.
인간은 날지 못할 거요.

Sagte der Bischof den Leuten.

주교는 사람들에게 말했습니다.

(1934)

Der Gottseibeiuns

Herr Bäcker, das Brot ist verbacken!

Das Brot kann nicht verbacken sein

Ich gab so schönes Mehl hinein

Und gab auch schön beim Backen acht

Und sollt es doch verbacken sein

Dann hat's der Gottseibeiuns gemacht

Der hat das Brot verbacken.

Herr Schneider, der Rock ist verschnitten!

Der Rock kann nicht verschnitten sein

Ich fädelte selber die Nadel ein

Und gab sehr mit der Schere acht

Und sollt er doch verschnitten sein

Dann hat's der Gottseibeiuns gemacht

Der hat den Rock verschnitten.

Herr Maurer, die Wand ist geborsten!

Die Wand kann nicht geborsten sein

Ich setzte selber Stein auf Stein

Und gab auch auf den Mörtel acht

Und sollt sie doch geborsten sein

Dann hat's der Gottseibeiuns gemacht

악마

빵 굽는 아저씨, 빵이 잘못 구워졌어요!
빵이 잘못 구워질 리가 없는데.
좋은 밀가루를 썼고
구울 때도 세심한 주의를 기울였거든.
그래도 잘못 구워졌다면
악마가 한 일일 게다.
악마가 빵을 잘못 구웠다.

재단사 아저씨, 치마가 잘못 잘렸어요!
치마가 잘못 잘릴 리가 없는데.
내가 직접 바늘에 실을 꿰었고
가위질할 때도 아주 조심했거든.
그래도 잘못 재단되었다면
악마가 한 일일 게다.
악마가 치마를 잘못 잘랐다.

미장이 아저씨, 벽이 파열되었어요!
벽이 파열될 리가 없는데.
내가 직접 돌을 쌓았고
회칠도 아주 세심하게 했거든.
그래도 파열되었다면
악마가 한 일일 게다.

Der hat die Wand geborsten.

Herr Kanzler, die Leut sind verhungert!
Die Leute können nicht verhungert sein
Ich nehme selber nicht Fleisch, nicht Wein
Und rede für euch Tag und Nacht
Und solltet ihr doch verhungert sein
Dann hat's der Gottseibeiuns gemacht
Der hat euch ausgehungert.

Liebe Leut, der Kanzler hänget!
Der Kanzler kann nicht gehänget sein
Er hat sich doch geschlossen ein
Und war von tausend Mann bewacht
Und sollt er doch gehänget sein
Dann hat's der Gottseibeiuns gemacht
Der hat den Kanzler gehänget.

악마가 벽을 파열시켰다.

수상 아저씨, 사람들이 굶어 죽었어요!
사람들이 굶어 죽었을 리가 없는데.
나는 고기도 안 먹고 포도주도 안 마시고
밤낮 너희들을 위해 연설하는데.
그래도 굶어 죽었다면
악마가 한 일일 게다.
악마가 너희들을 굶어 죽게 했다.

아저씨들, 수상이 교수형에 처해졌어요!
수상이 교수형에 처해질 리가 없는데.
그는 방에 틀어박혀 있었고
수많은 남자들의 경호를 받았거든.
그래도 교수형에 처해졌다면
악마가 한 일일 게다.
악마가 수상을 교수형시켰다.

(1934)

Fragen eines lesenden Arbeiters

Wer baute das siebentorige Theben?

In den Büchern stehen die Namen von Königen.

Haben die Könige die Felsbrocken herbeigeschleppt?

Und das mehrmals zerstörte Babylon

Wer baute es so viele Male auf? In welchen Häusern

Des goldstrahlenden Lima wohnten die Bauleute?

Wohin gingen an dem Abend, wo die chinesische Mauer fertig

war

Die Maurer? Das große Rom

Ist voll von Triumphbögen. Wer errichtete sie? Über wen

Triumphierten die Cäsaren? Hatte das vielbesungene Byzanz

Nur Paläste für seine Bewohner? Selbst in dem sagenhaften

Atlantis

Brüllten in der Nacht, wo das Meer es verschlang

Die Ersaufenden nach ihren Sklaven.

Der junge Alexander eroberte Indien.

Er allein?

Cäsar schlug die Gallier.

Hatte er nicht wenigstens einen Koch bei sich?

Philipp von Spanien weinte, als seine Flotte

Untergegangen war. Weinte sonst niemand?

책 읽는 노동자의 의문

일곱 개의 문을 가진 테베를 누가 지었는가?
책에는 왕들의 이름이 적혀 있다.
왕들이 돌덩이를 날랐을까?
그리고 저 여러 번 파괴되었던 바빌론
누가 계속 바빌론을 건설했는가? 건축노동자들은
황금빛 도시 리마의 어떤 집에서 살았던가?
만리장성이 다 만들어진 날 저녁 벽돌공들은
어디로 갔던가? 위대한 로마는
개선문으로 가득 차 있다. 누가 개선문을 세웠는가? 로마의
　　황제가
정복한 것은 누구였는가? 인구(人口)에 계속 회자되는
비잔틴에 거기 거주자들의 궁전만 있었겠는가? 전설적인
　　아틀란티스에서는
바다가 덮친 날 밤 물에 빠진 자들이
노예를 찾으며 울부짖었다 하는데.

젊은 알렉산더는 인도를 정복했다.
혼자서 했을까?
카이사르는 갈리아를 무찔렀다.
적어도 요리사 하나쯤은 데리고 있지 않았을까?
스페인의 필리프 왕은 무적함대가 몰락했을 때
울었다. 필리프 왕만 울었을까?

Friederich der Zweite siegte im Siebenjährigen Krieg. Wer
Siegte außer ihm?

Jede Seite ein Sieg.
Wer kochte den Siegesschmaus?
Alle zehn Jahre ein großer Mann.
Wer bezahlte die Spesen?

So viele Berichte
So viele Fragen.

프리드리히대왕은 7년 전쟁에서 승리했다. 그 말고
승리한 자가 없었을까?

책의 모든 페이지마다 승리가 나온다.
승리의 향연을 누가 차렸는가?
10년마다 위대한 자가 나온다.
거기에 드는 비용을 누가 댔는가?

수많은 보고들
수많은 의문들.

(1939)

Legende von der Entstehung des Buches Taoteking auf dem Weg des Laotse in die Emigration

1

Als er siebzig war und war gebrechlich

Drängte es den Lehrer doch nach Ruh

Denn die Güte war im Lande wieder einmal schwächlich

Und die Bosheit nahm an Kräften wieder einmal zu.

Und er gürtete den Schuh.

2

Und er packte ein, was er so brauchte:

Wenig. Doch es wurde dies und das.

So die Pfeife, die er immer abends rauchte

Und das Büchlein, das er immer las.

Weißbrot nach dem Augenmaß.

3

Freute sich des Tals noch einmal und vergaß es

Als er ins Gebirg den Weg einschlug.

Und sein Ochse freute sich des frischen Grases

Kauend, während er den Alten trug.

Denn dem ging es schnell genug.

노자가 망명 가던 길에 도덕경을 써 준 내력[5]

1
노자가 일흔이 되고 몸이 쇠약해졌을 때
쉬고 싶은 욕구가 일었다.
나라에 선(善)이 다시금 약화된 것도 이유였다.
악(惡)이 다시금 기승을 부리고 있었다.
노자는 신발 끈을 묶었다.

2
노자는 필요한 짐을 꾸렸다.
조금이었지만 그래도 몇 가지는 되었다.
저녁이면 피우던 파이프
항상 읽던 소책자
어림잡아 흰 빵 조금.

3
계곡이 다시금 노자를 기쁘게 했다.
산길로 접어들었을 때 노자는 모든 걸 잊었다.
노자를 태우고 가는 소는 신선한 풀을
씹으며 좋아했다.
충분히 빠른 것도 좋아하는 이유였다.

4

Doch am vierten Tag im Felsgesteine
Hat ein Zöllner ihm den Weg verwehrt:
"Kostbarkeiten zu verzollen?" — "Keine."
Und der Knabe, der den Ochsen führte, sprach: "Er hat
    gelehrt."
Und so war auch das erklärt.

5

Doch der Mann in einer heitren Regung
Fragte noch: "Hat er was rausgekriegt?"
Sprach der Knabe: "Daß das weiche Wasser in Bewegung
Mit der Zeit den mächtigen Stein besiegt.
Du verstehst, das Harte unterliegt."

6

Daß er nicht das letzte Tageslicht verlöre
Trieb der Knabe nun den Ochsen an.
Und die drei verschwanden schon um eine schwarze Föhre
Da kam plötzlich Fahrt in unsern Mann
Und er schrie: "He, du! Halt an!

4

넷째 날 큰 바윗덩이에 이르렀을 때
한 남자 세관원이 노자의 길을 막았다.
"세금을 낼 만한 비싼 물건이 있소?"─"없소."
소를 끄는 동자는 "이분은 가르치는 사람이오."라며
노자가 누구인지 알려 주었다.

5

세관원은 가볍게 움직이며 동자에게 질문했다.
"그가 무엇을 가르쳤소?"
"움직이는 부드러운 물이 시간이 지남에 따라
강력한 돌을 이긴다는 것,
그대는 단단한 것이 진다는 걸 아시는지."

6

빛이 있을 때 조금이라도 더 가려고
동자는 소를 재촉했다.
셋이 검은 숲을 돌아갈 무렵
예의 우리 세관원이 갑자기 나타나
"어이, 멈추시오!" 하고 외쳤다.

7

Was ist das mit diesem Wasser, Alter?"

Hielt der Alte: "Intressiert es dich?"

Sprach der Mann: "Ich bin nur Zollverwalter

Doch wer wen besiegt, das intressiert auch mich.

Wenn du's weißt, dann sprich!

8

Schreib mir's auf. Diktier es diesem Kinde!

So was nimmt man doch nicht mit sich fort.

Da gibt's doch Papier bei uns und Tinte

Und ein Nachtmahl gibt es auch: ich wohne dort.

Nun, ist das ein Wort?"

9

Über seine Schulter sah der Alte

Auf den Mann: Flickjoppe. Keine Schuh.

Und die Stirne eine einzige Falte.

Ach, kein Sieger trat da auf ihn zu.

Und er murmelte: "Auch du?"

7

"노인장, 물이 어떻다고요?"
노자는 멈추었고, "관심이 있소?"라고 물었다.
사내는 "나는 세관원에 불과하지만
누가 누구를 이기는 것에 관해 관심이 있소.
그것을 알면 말해 주시구려.

8

적어 주시오, 동자가 받아 적게 하면 되지요.
그런 것은 혼자만 알고 있으면 안 되지요.
우리 집에 종이와 잉크가 있어요.
밤참도 할 수 있지요. 나는 저기 살아요.
그렇게 하시겠나요?"

9

노자는 어깨 너머로 그 사내를 보았다.
누더기 차림이었고 맨발이었다.
이마에는 주름살 하나가 접혀 있었다.
아, 노자 앞에 온 자는 승리자가 아니었다.
노자가 중얼거렸다. "너도?"

10

Eine höfliche Bitte abzuschlagen

War der Alte, wie es schien, zu alt.

Denn er sagte laut: "Die etwas fragen

Die verdienen Antwort." Sprach der Knabe: "Es wird auch

    schon kalt."

"Gut, ein kleiner Aufenthalt."

11

Und von seinem Ochsen stieg der Weise

Sieben Tage schrieben sie zu zweit.

Und der Zöllner brachte Essen (und er fluchte nur noch leise

Mit den Schmugglern in der ganzen Zeit).

Und dann war's soweit.

12

Und dem Zöllner händigte der Knabe

Eines Morgens einundachtzig Sprüche ein

Und mit Dank für eine kleine Reisegabe

Bogen sie um jene Föhre ins Gestein.

Sagt jetzt: kann man höflicher sein?

10
공손한 부탁을 거절하기에 노자는
너무 늙어 보였다,
노자는 크게 말했다. "묻는 자는 대답을 얻기
마련이지." 소년도 말했다. "벌써 추워졌습니다."
"좋다, 잠깐 머물기로 하자."

11
현자는 소에서 내려와
이레 동안 동자와 함께 글을 썼다.
세관원은 먹을 것을 가져왔다. (세관원은
계속해서 밀수꾼들과 욕설을 나눴다.)
그렇게 일은 진척되었다.

12
어느 날 아침 동자가 세관원에게 드디어
여든한 개의 경구를 건네었다.
약간의 노잣돈에 감사하며
노자와 동자는 숲을 돌아 암벽 쪽으로 갔다.
말해 보라. 이보다 더 예가 바른 일이 있는가?

13

Aber rühmen wir nicht nur den Weisen

Dessen Name auf dem Buche prangt!

Denn man muß dem Weisen seine Weisheit erst entreißen.

Darum sei der Zöllner auch bedankt:

Er hat sie ihm abverlangt.

13
우리는 이름이 책 표지에서 휘황하게 빛나는
현자만을 기리지 않는다.
현자로부터 지혜를 뺏어야 하기 때문이다.
노자에게 지혜를 간청한
세관원에게도 감사해야 한다.

(1938)

Besuch bei den verbannten Dichtern

Als er im Traum die Hütte betrat der verbannten
Dichter, die neben der Hütte gelegen ist
Wo die verbannten Lehrer wohnen (er hörte von dort
Streit und Gelächter), kam ihm zum Eingang
Ovid entgegen und sagte ihm halblaut:
"Besser, du setzt dich noch nicht. Du bist noch nicht
    gestorben. Wer weiß da
Ob du nicht doch noch zurückkehrst? Und ohne daß andres
    sich ändert
Als du selber." Doch, Trost in den Augen
Näherte Po Chü-i sich und sagte lächelnd: "Die Strenge
Hat sich jeder verdient, der nur einmal das Unrecht benannte."
Und sein Freund Tu-fu sagte still: "Du verstehst, die
    Verbannung
Ist nicht der Ort, wo der Hochmut verlernt wird." Aber
    irdischer
Stellte sich der zerlumpte Villon zu ihnen und fragte: "Wie
    viele
Türen hat das Haus, wo du wohnst?" Und es nahm ihn der
    Dante beiseite
Und ihn am Ärmel fassend, murmelte er: "Deine Verse
Wimmeln von Fehlern, Freund, bedenk doch

추방된 시인들을 방문함[6]

꿈속에서 그는 추방된 시인의 오두막에 발을
들였다, 옆집에 추방된 스승들이
거주했다. (논쟁과 웃음소리가
들렸다) 입구에서 오비디우스가 바로 그에게
다가와 큰 소리로 말했다.
"아직 앉지 않는 편이 좋을지도. 당신은 아직 죽지 않았고,
　　누가 알겠소?
당신이 돌아갈 수 있을지. 당신만 제외하고는
아무것도 변하지 않고서 말이오." 그런데 위로의 모습을 한
백거이가 가까이서 웃음 지으며 말했다. "누구라도 가혹한 일
을 당할 수 있지요, 불의를 호명한 사람이면."
백거이의 친구 두보가 조용히 말했다. "알다시피 거만이
없는 곳에서, 추방이 없소." 너절한
옷을 입은 비용이 이쪽으로 오더니 보다 세속적인 질문을
　　던졌다. "당신이
사는 집은 문이 몇 개요?" 그러자 단테가 그를 옆으로
　　데려가더니
소매를 붙잡고 주절거렸다. "시구에
오류가 우글우글해요, 친구. 누구누구가 당신을 반대하는지
잘 생각하시오." 볼테르가 그쪽으로 소리쳤다.
"푼돈이나 벌어야지 안 그러면 굶어 죽어요."
"놀리지 마시오!" 하이네가 외쳤다. "소용없는 일이오"

Wer alles gegen dich ist!" Und Voltaire rief hinüber:

"Gib auf den Sou acht, sie hungern dich aus sonst!"

"Und misch Späße hinein!" schrie Heine. "Das hilft nicht"

Schimpfte der Shakespeare, "als Jakob kam

Durfte auch ich nicht mehr schreiben." "Wenn's zum Prozeß

   kommt

Nimm einen Schurken zum Anwalt!" riet der Euripides

"Denn der kennt die Löcher im Netz des Gesetzes." Das

   Gelächter

Dauerte noch, da, aus der dunkelsten Ecke

Kam ein Ruf: "Du, wissen sie auch

Deine Verse auswendig? Und die sie wissen

Werden sie der Verfolgung entrinnen?" "Das

Sind die Vergessenen", sagte der Dante leise

"Ihnen wurden nicht nur die Körper, auch die Werke

   vernichtet."

Das Gelächter brach ab. Keiner wagte hinüberzublicken. Der

   Ankömmling

War erblaßt.

셰익스피어가 퉁퉁거렸다, "야콥이 오니까
나는 글 쓰는 게 금지되었소." "재판을 하게 되면
변호사라도 하나 잡으시오." 에우리피데스가 충고했다
"변호사가 법망의 뚫려 있는 부분을 알지요." 웃음은
계속 이어지고 있었다, 아무것도 보이지 않는 구석에서
소리가 들렸다. "보시오, 그가
당신의 시구도 외지 않나요? 그들의
박해에서 벗어날 수 있겠소?" "그들은 잊힌
사람이오." 나지막하게 단테가 말하고 있었다
"몸은 물론이고, 작품도 망가졌다오."
웃음이 뚝 그쳤다. 아무도 그쪽을 보려 하지 않았다. 조금 전
들어온 자의 얼굴이 창백해졌다.

(1938)

Kohlen für Mike

1

Ich habe gehört, daß in Ohio
Zu Beginn dieses Jahrhunderts
Ein Weib wohnte zu Bidwell
Mary McCoy, Witwe eines Streckenwärters
Mit Namen Mike McCoy, in Armut.

2

Aber jede Nacht von den donnernden Zügen der Wheeling
    Railroad
Warfen die Bremser einen Kohlenklumpen
Über die Zaunlatten in den Kartoffelgarten
Mit rauher Stimme ausrufend in Eile:
Für Mike!

3

Und jede Nacht, wenn
Der Kohlenklumpen für Mike
An die Rückwand der Hütte schlug
Erhob sich die Alte, kroch
Schlaftrunken in den Rock und räumte zur Seite
Den Kohlenklumpen

마이크를 위한 석탄

1
금세기 초엽,
오하이오주
비드웰에 한 여자가 살았다고 했다
마이크 매코이라는 이름의 죽은 철도 노동자,
그의 아내 가난한 메리 매코이었다.

2
덜커덩거리며 오는 휠링 철로회사의 기차로부터 밤마다
울타리 너머 감자밭으로
제동수가 석탄 한 덩어리를 던졌다
거친 목소리로 급하게 소리쳤는데
"마이크를 위한 석탄이오!"

3
매일 밤, 마이크를 위한
석탄 덩어리가 오두막집 뒷벽을 칠 때마다
나이 든 여자가 자리에서 일어나, 잠이 덜 깬 채
치마를 입고 석탄 덩어리를
옆에 치워 놓는다

Geschenk der Bremser an Mike, den Gestorbenen, aber
Nicht Vergessenen.

4

Sie aber erhob sich so lange vor Morgengrauen und räumte
Ihre Geschenke aus den Augen der Welt, damit nicht
Die Männer in Ungelegenheit kämen
Bei der Wheeling Railroad.

5

Dieses Gedicht ist gewidmet den Kameraden
Des Bremsers Mike McCoy
(Gestorben wegen zu schwacher Lunge
Auf den Kohlenzügen Ohios)
Für Kameradschaft.

제동수들이 마이크에게 주는 선물, 죽었으나
잊히지 않는 마이크.

4
여자는 그러나 먼동이 트기 벌써 전에 일어나
세상의 눈을 피해 선물을 치워 놓았다
휠링 철로회사 동료들이
곤란을 겪지 않게 말이다.

5
이 시를 제동수 마이크 매코이의
동료들에게 헌정한다
(마이크 매코이는 폐가 너무 약해
오하이오 석탄차에서 죽었다)
동지애를 기리자![7]

(1926)

Bei der Geburt eines Sohnes

(Nach dem Chinesischen des Su Tung p'o 1036-1101)

Familien, wenn ihnen ein Kind geboren ist

Wünschen es sich intelligent.

Ich, der ich durch Intelligenz

Mein ganzes Leben ruiniert habe

Kann nur hoffen, mein Sohn

Möge sich erweisen als

Unwissend und denkfaul.

Dann wird er ein ruhiges Leben haben

Als Minister im Kabinett.

아들의 탄생에 부쳐
(1036-1101, 소동파의 한시에 의거해서)

아이가 태어나면 가족은
아이가 총명하길 바란다.
총명 때문에 나의 일생 전부를
망친 나는
내 아들이 무지(無知)하고
도무지 생각하길 싫어하는 아이로 판명되길
바랄 뿐이다.
아들은 그러면 평온한 삶을 살 테니,
내각의 각료로서 말이다.

(1938)

Die Bücherverbrennung

Als das Regime befahl, Bücher mit schädlichem Wissen
Öffentlich zu verbrennen, und allenthalben
Ochsen gezwungen wurden, Karren mit Büchern
Zu den Scheiterhaufen zu ziehen, entdeckte
Ein verjagter Dichter, einer der besten, die Liste der
Verbrannten studierend, entsetzt, daß seine
Bücher vergessen waren. Er eilte zum Schreibtisch
Zornbeflügelt, und schrieb einen Brief an die Machthaber.
Verbrennt mih! schrieb er mit fliegender Feder, verbrennt mich!
Tut mir das nicht an! Laßt mich nicht übrig! Habe ich nicht
Immer die Wahrheit berichtet in meinen Büchern? Und jetzt
Werd ich von euch wie ein Lügner behandelt! Ich befehle euch:
Verbrennt mich!

분서

정권이, 나쁜 앎이 담긴 책을 공개적으로
불태우라 명령했고, 도처에서
소들을 데려와서 책을 실은 수레를
장작더미로 끌고 가도록 했을 때, 추방된 시인으로서
최고 시인 중 한 사람이 분서 목록을 살펴보았고
경악하였다, 자신의 책이 빠져 있었다.
시인은 화가 치밀어 올랐고, 책상으로 급히 가서는
날아가는 속도로 권력자에게 편지를 썼다.
내 책을 불태워 주오!
그런 일을 내게 저지르지 마오! 나를 빼놓으면 안 되오!
내가 항상 책에 진실을 알리지 않았던가? 그런데 내가
그대들로부터 거짓말쟁이로 취급되고 있도다! 내가 명령하노니,
나를 불태워 달라!

(1938)

An die Nachgeborenen

1

Wirklich, ich lebe in finsteren Zeiten!

Das arglose Wort ist töricht. Eine glatte Stirn
Deutet auf Unempfindlichkeit hin. Der Lachende
Hat die furchtbare Nachricht
Nur noch nicht empfangen.

Was sind das für Zeiten, wo
Ein Gespräch über Bäume fast ein Verbrechen ist
Weil es ein Schweigen über so viele Untaten einschließt!
Der dort ruhig über die Straße geht
Ist wohl nicht mehr erreichbar für seine Freunde
Die in Not sind?

Es ist wahr: Ich verdiene noch meinen Unterhalt
Aber glaubt mir: das ist nur ein Zufall. Nichts
Von dem, was ich tue, berechtigt mich dazu, mich satt zu
    essen.
Zufällig bin ich verschont. (Wenn mein Glück aussetzt,
Bin ich verloren.)

후손들에게

1
정말, 나는 어두운 시대에 살고 있도다!

악하지 않은 말들은 바보 같다. 반들반들한 이마는
둔감함을 의미한다. 웃는 사람은
끔찍한 소식을
아직 접하지 못했을 뿐이다.

그토록 많은 비행에 관한 침묵을 내포한다 하여
나무에 관한 대화가 거의 범죄가 되는
시대는 도대체 어떤 시대인가!
유유자적 도로를 건너가는 저 사람을
곤경에 처한 그의 친구들이
더 이상 붙잡을 수 없겠지?

내가 밥벌이를 하는 것은 사실이나
그러나 믿어 다오, 이것은 오로지 우연일 뿐이다. 내가
행하는 것도 내가 배불리 먹도록 해 주지 않는다.
나는 우연히 면했을 뿐이다. (운이 다하고 나도 해를
　　입겠지.)

Man sagt mir: iß und trink du! Sei froh, daß du hast!

Aber wie kann ich essen und trinken, wenn

Ich es dem Hungernden entreiße, was ich esse, und

Mein Glas Wasser einem Verdurstenden fehlt?

Und doch esse und trinke ich.

Ich wäre gerne auch weise

In den alten Büchern steht, was weise ist:

Sich aus dem Streit der Welt halten und die kurze Zeit

Ohne Furcht verbringen

Auch ohne Gewalt auskommen

Böses mit Gutem vergelten

Seine Wünsche nicht erfüllen, sondern vergessen

Gilt für weise.

Alles das kann ich nicht:

Wirklich, ich lebe in finsteren Zeiten!

2

In die Städte kam ich zu der Zeit der Unordnung

Als da Hunger herrschte.

사람들은 내게 먹고 마시라 말한다! 가진 것을 기뻐하라!
내가 먹는 것이 그러나, 굶주리는 사람들로부터 빼앗은
　　　것이고
내 잔의 물은 목마른 자들에게는 없는데
어찌 내가 먹고 마실 수 있겠느냐?
그래도 내 먹고 마시기는 하지만.

나 또한 현명해지고 싶은데
옛 책에는 현명함에 관해 쓰여 있기를,
세상 싸움으로부터 벗어나 짧은 시간
근심 없이 보내는 것
폭력 없이 보내는 것
악을 선으로 갚는 것
욕망을 채우지 않고 잊는 것,
이런 것이 현명하다 했거늘.
이 모든 것을 할 수 없는 나,
정말 나는 어두운 시대에 살고 있도다!

2
굶주림이 기승을 부리고 무질서가 난무하는
시대에 나는 도시로 왔다.

Unter die Menschen kam ich zu der Zeit des Aufruhrs
Und ich empörte mich mit ihnen.
So verging meine Zeit
Die auf Erden mir gegeben war.

Mein Essen aß ich zwischen den Schlachten
Schlafen legte ich mich unter die Mörder
Der Liebe pflegte ich achtlos
Und die Natur sah ich ohne Geduld.
So verging meine Zeit
Die auf Erden mir gegeben war.

Die Straßen führten in den Sumpf zu meiner Zeit
Die Sprache verriet mich dem Schlächter.
Ich vermochte nur wenig. Aber die Herrschenden
Saßen ohne mich sicherer, das hoffte ich.
So verging meine Zeit
Die auf Erden mir gegeben war.

Die Kräfte waren gering. Das Ziel
Lag in großer Ferne

반란의 시대에 사람들에게로 왔고
그들과 함께 분노했다.
이 땅 위 내게 주어진 시간은
그렇게 흘러가 버렸다.

전투와 전투 사이에 나는 식사를 했고
살인자들과 함께 잠을 잤고
아무 생각 없이 사랑을 행하였고
자연을 참을성 없이 바라보았으니.
이 땅 위 내게 주어진 시간은
그렇게 흘러가 버렸다.

내 시대에 길은 늪으로 났고
내 언어는 내가 학살자들의 반대편이라는 걸 알렸다.
내가 할 수 있는 일은 없었으나, 지배자들은
내가 없을 때 더 안전하게 지낼 것이라는 것, 내가 원하는
    바였다.
이 땅 위에서 내게 주어진 시간은
그렇게 흘러가 버렸다.

힘은 약했다. 목표는
아주 멀리 있었으니

Es war deutlich sichtbar, wenn auch für mich
Kaum zu erreichen.
So verging meine Zeit
Die auf Erden mir gegeben war.

3
Ihr, die ihr auftauchen werdet aus der Flut
In der wir untergegangen sind
Gedenkt
Wenn ihr von unsern Schwächen sprecht
Auch der finsteren Zeit
Der ihr entronnen seid.

Gingen wir doch, öfter als die Schuhe die Länder wechselnd
Durch die Kriege der Klassen, verzweifelt
Wenn da nur Unrecht war und keine Empörung.

Dabei wissen wir ja:
Auch der Haß gegen die Niedrigkeit
Verzerrt die Züge.
Auch der Zorn über das Unrecht

내가 도달할 수는 없다 하더라도
분명하게 볼 수는 있었다.
이 땅 위에서 내게 주어진 시간은
그렇게 흘러가 버렸다.

3
우리가 잠겼던 물결 위로
다시 솟구칠 그대여,
우리의 약점에 관해 이야기하게 되거든
이 어두운 시대를
생각해 다오,
비록 그대들이 피해 간 것이긴 하지만.

신발보다도 더 자주 나라를 바꾸며[8] 우리는,
계급 간의 전쟁을 뚫으며 우리는 지나갔다,
불의만 있고, 항거가 없을 때 절망하며.

우리는 알고 있거늘
저열에 대한 증오도
표정을 일그러뜨린다는 것.
불의에 대한 분노도

Macht die Stimme heiser. Ach, wir
Die wir den Boden bereiten wollten für Freundlichkeit
Konnten selber nicht freundlich sein.

Ihr aber, wenn es soweit sein wird
Daß der Mensch dem Menschen ein Helfer ist
Gedenkt unsrer
Mit Nachsicht.

목소리를 쉬게 한다는 것. 아, 우리는
친절을 위한 발판을 마련하려 했던 우리는
스스로가 친절할 수는 없었다.

인간이 인간에게 조력자가 되는 그런
시대가 오거든, 그대여
생각해 다오
우리를 관대한 눈으로 말이오.

(1934~1938년경)

3부

슈테핀 모음 Steffinsche Sammlung

Der Kirschdieb

An einem frühen Morgen, lange vor Hahnenschrei
Wurde ich geweckt durch ein Pfeifen und ging zum Fenster.
Auf meinem Kirschbaum, — Dämmerung füllte den
    Garten —
Saß ein junger Mann mit geflickter Hose
Und pflückte lustig meine Kirschen. Mich sehend
Nickte er mir zu, mit beiden Händen
Holte er die Kirschen von den Zweigen in seine Taschen.
Noch eine ganze Zeitlang, als ich wieder in meiner Bettstatt lag
Hörte ich ihn sein lustiges kleines Lied pfeifen.

버찌 도둑

어느 이른 새벽 닭이 울기 오래전
휘파람 소리에 잠이 깨어 창문으로 갔다.
내 벚나무 위에 ─ 여명이 정원에 깃들어 있었다 ─
기운 바지를 입은 한 젊은이가 앉아서,
신나서 내 버찌를 따고 있었다. 나를 보고
그는 고개를 주억거렸고, 두 손으로
버찌들을 가지에서부터 그의 주머니로 옮겼다.
내가 다시 침대에 눕고도 한참 동안
그의 짧고 흥겨운 휘파람 노래를 들었다.

(1938)

An die dänische Zufluchtsstätte

Sag, Haus, das zwischen Sund und Birnbaum steht:
Hat, den der Flüchtling einst dir eingemauert
Der alte Satz DIE WAHRHEIT IST KONKRET
Der Bombenpläne Anfall überdauert?

덴마크 피난처에 부쳐

말해 주오, 해협과 배나무 사이에 있는 집이여,
피난객이 언젠가 거기 새겨 넣은
오래된 명제, '**진리는 구체적이다.**'가
여러 공습작전에도 살아남아 있는가?

(1940)

Gedenktafel für 4000, die im Krieg des Hitler gegen Norwegen versenkt wurden

Wir liegen allesamt im Kattegat.

Viehdampfer haben uns hinabgenommen.

Fischer, wenn dein Netz hier viele Fische gefangen hat

Gedenke unser und laß einen entkommen!

히틀러가 노르웨이와의 전쟁에서
수장시킨 4000명을 위한 추모비

우리는 모두 함께 카테가트 해협에 누워 있다.
가축수송선이 우리를 이리 데려왔다.
어부들이여, 이곳 그대들 그물에 많은 고기가 걸리거들랑
우리를 기억해 주오, 한 마리는 살려 주오!

Der Steinfischer

Der große Fischer ist wieder erschienen. Er sitzt in seinem
morschen Boot und fischt, wenn früh die erste Lampe
aufflammt und wenn die letzte am Abend gelöscht wird.
Die Dorfbewohner sitzen auf dem Kies der Böschung und
sehen ihm grinsend zu. Er fischt nach Heringen, aber er
zieht nur Steine hoch.
Alles lacht. Die Männer schlagen sich auf die Schenkel, die
Weiber halten sich die Bäuche, die Kinder springen hoch in
die Luft vor Lachen.
Wenn der große Fischer sein brüchiges Netz hochzieht und die
Steine drin findet, verbirgt er sie nicht, sondern langt weit
aus mit dem braunen starken Arm, greift den Stein, hält ihn
hoch und zeigt ihn den Unglücklichen.

돌멩이 낚는 어부

큰 어부가 다시 나타났다. 그가 낡은 배에 앉아 고기를
　　잡는다, 새벽 첫 초롱이 불타오를 때부터, 밤 마지막
　　초롱이 꺼질 때까지.
마을 주민들이 제방 자갈밭에 앉아 그를 비웃는다. 어부는
　　청어를 낚으려 하나, 어부는 돌멩이만 높이 올릴
　　뿐이다.
모두가 웃는다. 남자는 허벅지를 때리고 여자들은 배를
　　움켜잡는다. 아이들은 우스운 나머지 공중을 팔짝팔짝
　　뛴다.
큰 어부가 엉성한 그물을 높이 끌어 올려 돌멩이를 찾아낼
　　때, 그는 돌멩이를 감추지 않는다, 구릿빛 억센 팔을
　　크게 뻗어 돌멩이를 움켜쥐고는, 그것을 높이 쳐든다.
　　그러고는 돌멩이를 불행한 사람들에게 보여 준다.

(1938-1939년경)

4부

부코 비가[9] Buckower Elegien

Der Rauch

Das kleine Haus unter Bäumen am See
Vom Dach steigt Rauch
Fehlte er
Wie trostlos dann wären
Haus, Bäume und See.

연기

호숫가 나무 아래 작은 집
지붕에서 연기가 올라간다.
연기가 없다면
집과 나무와 호수가
얼마나 사무칠까.

(1953)

Heißer Tag

Heißer Tag. Auf den Knien die Schreibmappe
Sitze ich im Pavillon. Ein grüner Kahn
Kommt durch die Weide in Sicht. Im Heck
Eine dicke Nonne, dich gekleidet. Vor ihr
Ein ältlicher Mensch im Schwimmanzug, wahrscheinlich ein
    Priester.
An der Ruderbank, aus vollen Kräften rudernd
Ein Kind. Wie in alten Zeiten! denke ich
Wie in alten Zeiten!

무더운 날

무더운 날. 원고 뭉치를 무릎에 얹고
나는 정자 안에 앉아 있다. 녹의(綠衣)의 보트가
버드나무를 뚫고 오는 게 보인다. 고물에는
두꺼운 옷을 입은 뚱뚱한 수녀. 그녀 앞에는
수영복을 입은 나이 든 남자, 아마 신부(神父)인 듯.
노 젓는 자리에는, 있는 힘을 다해 노 젓는
아이 한 명. 옛날과 똑같아! 나는 생각한다
옛날과 똑같아![10]

(1953)

Der Einarmige im Gehölz

Schweißtriefend bückt er sich
Nach dem dürren Reisig. Die Stechmücken
Verjagt er durch Kopfschütteln. Zwischen den Knieen
Bündelt er mühsam das Brennholz. Ächzend
Richtet er sich auf, streckt die Hand hoch, zu spüren
Ob es regnet. Die Hand hoch
Der gefürchtete S. S. Mann.

숲속의 외팔이

땀을 뚝뚝 흘리며 그가 허리를 굽혀
마른 나뭇가지를 찾는다. 고개를 흔들며
모기를 쫓는다. 양 무릎 사이에 두고
힘들게 땔나무를 묶는다. 신음 소리를 내며
일어서서는, 손을 높이 치켜든다. 비가
오려는지 살피는 듯. 높이 치켜든 손
무서운 나치 친위대원.

(1953)

Die Musen

Wenn der Eiserne sie prügelt
Singen die Musen lauter.
Aus gebläuten Augen
Himmeln sie ihn hündisch an.
Der Hintern zuckt vor Schmerz
Die Scham vor Begierde.

뮤즈들

철인(鐵人)이 몽둥이질할 때
뮤즈가 더 큰 소리로 노래한다.
시퍼렇게 멍든 눈으로
철인을 개같이 찬송한다.
고통에 겨워 엉덩이를 떨고
욕정에 겨워 음부를 떤다.

(1953)

Eisen

Im Traum heute nacht
Sah ich einen großen Sturm.
Ins Baugerüst griff er
Den Bauschragen riß er
Den Eisernen, abwärts.
Doch was da aus Holz war
Bog sich und blieb.

쇠[11]

지난밤 꿈에서 나는
거대한 폭풍우를 보았다.
공사 중 건물 뼈대를 움켜쥐고는
경사면의
쇠로 만든 받침대를
낚아채 갔다.
나무로 된 것은 그런데 말이다
휘어졌고 그리고 살아남았다.[12]

(1953)

5부

개별 시들 Einzelgedichte

Terzinen über die Liebe

Sieh jene Kraniche in großem Bogen!
Die Wolken, welche ihnen beigegeben
Zogen mit ihnen schon, als sie entflogen

Aus einem Leben in ein andres Leben.
In gleicher Höhe und mit gleicher Eile
Scheinen sie alle beide nur daneben.

Daß also keines länger hier verweile
Daß so der Kranich mit der Wolke teile
Den schönen Himmel, den sie kurz befliegen

Und keines andres sehe als das Wiegen
Des andern in dem Wind, den beide spüren
Die jetzt im Fluge beieinander liegen.

So mag der Wind sie in das Nichts entführen;
Wenn sie nur nicht vergehen und sich bleiben
So lange kann sie beide nichts berühren

So lange kann man sie von jedem Ort vertreiben
Wo Regen drohen oder Schüsse schallen.

사랑에 관해 말하는 3운구법[13]

커다란 원을 그리며 나는 두루미를 보라!
두루미가 날아가 버리니 함께 있던
구름도 벌써 따라 같이 가네.

하나의 삶에서 다른 삶으로.
같은 높이에서 같은 속도로 가니
그 둘은 항상 같이 있는 것처럼 보여.

그들이 잠시 날았던 아름다운 하늘을
저 두루미는 구름과 함께 분할하려는 듯.
어느 하나도 머무르려 하지 않지.

하나는 다른 하나의 움직임만을 볼 뿐,
둘은 바람을 감지하면서
저렇게 나란히 날아가고 있네.

바람이 그들을 무(無)로 데려갈 수 있을지.
둘이 사멸하지 않고 계속 같이 있으면
그동안 둘을 어떤 것도 건드리지 않을 거야

비가 위협하고 총소리가 위협하는 곳에서
멀리 벗어나 있을 수 있을 거야.

So unter Sonn und Monds wenig verschiedenen Scheiben

Fliegen sie hin, einander ganz verfallen.

Wohin, ihr?
      Nirgend hin.

Von wem entfernt?
      Von allen.

Ihr fragt, wie lange sind sie schon beisammen?
Seit kurzem.
      Und wann werden sie sich trennen?
            Bald.
So scheint die Liebe Liebenden ein Halt.

그래, 둥근 태양과 둥근 달 아래로

그들은 날아가고 있어, 서로에게 푹 취해서.

어디로 가지, 그대들은?
　　　　어느 곳도 아냐.

누구로부터?
　　　　모든 이로부터.

얼마 동안 그들은 같이 있었느냐고?
방금 전부터.
　　　　언제 헤어질 거냐고?
　　　　　　　　조금 있다가.
사랑이 사랑하는 이들에겐 정지된 순간인 듯.

(1928)

Die Auswanderung der Dichter

Homer hatte kein Heim

Und Dante mußte das seine verlassen.

Li-Po un Tu-Fu irrten durch Bürgerkriege

Die 30 Millionen Menschen verschlangen

Dem Euripides drohte man mit Prozessen

Und dem sterbenden Shakespeare hielt man den Mund zu.

Den François Villon suchte nicht nur die Muse

Sondern auch die Polizei

"Der Geliebte" genannt

Ging Lukrez in die Verbannung

So Heine und so auch floh

Brecht unter das dänische Strohdach.

시인들의 이주

호메로스는 집이 없었고,
단테는 집을 떠나야 했다.
이백과 두보는 3천만 명을 집어삼킨
내전(內戰)으로 떠돌아다녀야 했다.
에우리피데스는 재판으로 위협을 받았고
죽어 가는 셰익스피어의 입을 사람들은 막았다.
프랑수아 비용은 미의 여신에게도 쫓겼고
경찰에게도 쫓겼다.
"연인"이라 불렸던
루크레티우스는 추방당했고
하이네도 그랬다. 브레히트도
덴마크의 초가지붕으로 도망갔다.

(1934년경)

Über das Lehren ohne Schüler

Lehren ohne Schüler
Schreiben ohne Ruhm
Ist schwer.

Es ist schön, am Morgen wegzugehen
Mit den frisch beschriebenen Blättern
Zu dem wartenden Drucker, über den summenden Markt
Wo sie Fleisch verkaufen und Handwerkszeug
Du verkaufst Sätze.

Der Fahrer ist schnell gefahren
Er hat nicht gefrühstückt
Jede Kurve war ein Risiko
Er tritt eilig in die Tür
Der, den er abholen wollte
Ist schon aufgebrochen.

Dort spricht der, dem niemand zuhört:
Er spricht zu laut
Er wiederholt sich
Er sagt Falsches
Er wird nicht verbessert.

배우는 사람 없는 가르침[14]

배우는 사람 없는 가르침
명성 없는 글쓰기
어렵다.

아침에 떠나는 일은 멋진 일.
막 탈고된 원고를 들고
기다리는 인쇄업자에게, 웅성거리는 시장을 지나서
시장에서는 고기와 작업도구들을 팔고
너는 글을 팔고.

운전기사는 빨리 갔다
아침식사도 거른 채
커브마다 위험이 따랐다
서둘러 문에 들어섰으나
그가 데려가려고 했던 사람은
벌써 길을 떠난 후였다.

거기에서 들어 주는 사람 없는데 말을 한다.
너무 크게 말한다
같은 말을 반복한다
그는 틀리게 말한다
그는 개선되지 않을 것이다.

(1935년경)

Der Zweifler

Immer wenn uns
Die Antwort auf eine Frage gefunden schien
Löste einer von uns an der Wand die Schnur der alten
Aufgerollten chinesischen Leinwand, so daß sie herabfiel und
Sichtbar wurde der Mann auf der Bank, der
So sehr zweifelte.

Ich, sagte er uns
Bin der Zweifler, ich zweifle, ob
Die Arbeit gelungen ist, die eure Tage verschlungen hat.
Ob, was ihr gesagt, auch schlechter gesagt, noch für einige
        Wert hätte.

Ob ihr es aber gut gesagt und euch nicht etwa
Auf die Wahrheit verlassen habt, dessen, was ihr gesagt habt.
Ob es nicht viel-deutig ist, für jeden möglichen Irrtum
Tragt ihr die Schuld. Es kann auch eindeutig sein
Und den Widerspruch aus den Dingen entfernen; ist es zu
        eindeutig?

Dann ist es unbrauchbar, was ihr sagt. Euer Ding ist dann
        leblos.
Seid ihr wirklich im Fluß des Geschehens? Einverstanden mit

의심하는 자

언제나, 어느 질문에 대한
대답을 찾은 것으로 보였을 때,
우리 중 하나가 벽에 맨 오래된 중국 족자의
두루마리 끈을 풀었고, 족자가 펼쳐졌다.
긴 의자 위의 남자, 의심의 명수가
그 자태를 드러냈다.

그가 우리에게 말했다, 나는
의심하는 자, 나는 의심한다,
그대들이 오늘 종일을 바쳐 한 일이 성공적이었는지.
혹은 그대가 말한 것이, 비록 서투르게 말했더라도,
    누구에게 가치 있는 것이었는지.

혹은 그대가 능숙하게 말했더라도 말한 그것을
진실한 것이라고 믿지는 않았는지.
모호한 것이 아니었는지 말이다, 가능한 모든 오류의 책임을
그대들이 져야 할 것이다. 명료해질 수도 있다,
사물에서 생기는 모순을 제거할 수도 있다, 너무 명료한
    것은 아닌가?

그대가 말한 것은 그러면 사용 불가능하게 된다. 그대가
    말한 사물은 그럴 때 생명력 없는 것이 된다.
정말 그대들은 사건의 흐름을 타고 있는가? 생성되는 모든

Allem, was wird? Werdet *ihr* noch? Wer seid ihr? Zu wem
Sprecht ihr? Wem nützt es, was ihr da sagt?
Und, nebenbei:
Läßt es auch nüchtern? Ist es am Morgen zu lesen?
Ist es auch angeknüpft an Vorhandenes? Sind die Sätze, die
Vor euch gesagt sind, benutzt, wenigstens widerlegt? Ist alles
   belegbar?

Durch Erfahrung? Durch welche?
Aber vor allem
Immer wieder vor allem anderen: wie handelt man
Wenn man euch glaubt, was ihr sagt? Vor allem: Wie handelt
   man?

Wir rollten zusammen den zweifelnden
Blauen Mann auf der Leinwand, sahen uns an und
Begannen von vorne.

것에 동의하는가? '그대'도 생성되는가? 그대들은
누구인가? 누구에게 그대는 말하고 있는가? 그대가
　말한 것이 누군가에게 도움이 되는가?
그리고 하나 더,
말한 것이 정신을 깨우는가? 아침에 읽을 수 있는 것인가?
말한 것이 현존하는 것과 연결되는가? 그대 앞에서 들린
　문장들이
이용되었거나, 적어도 반박되었는가? 모든 것이 증명
　가능한가?

경험을 통해? 아니면 어느 무엇을 통해?
그러나 무엇보다
늘 무엇보다 주목할 것은, 그대가 말한 것을 사람들이 믿을
　경우
그들이 어떤 행동을 하는가? 무엇보다 주목할 것은,
　사람들이 어떻게 행동하는가?

우리는 함께, 이 의심하는 자를
두루마리 족자의 푸른 옷 입은 자를 다시 말았고, 서로
　마주 보았고, 그리고
다시 시작했다.

　　　　　　　　　　　　　　　　　　　　　　(1937)

Schlechte Zeit für Lyrik

Ich weiß doch: nur der Glückliche
Ist beliebt. Seine Stimme
Hört man gern. Sein Gesicht ist schön.

Der verkrüppelte Baum im Hof
Zeigt auf den schlechten Boden, aber
Die Vorübergehenden schimpfen ihn einen Krüppel
Doch mit Recht.

Die grünen Boote und die lustigen Segel des Sundes
Sehe ich nicht. Von allem
Sehe ich nur der Fischer rissiges Garnnetz.
Warum rede ich nur davon
Daß die vierzigjährige Häuslerin gekrümmt geht?
Die Brüste der Mädchen
Sind warum wie ehedem.

In meinem Lied ein Reim
Käme mir fast vor wie Übermut.

In mir streiten sich
Die Begeisterung über den blühenden Apfelbaum

서정시를 쓰기 힘든 시대¹⁵⁾

나도 안다, 행복해하는 사람만이
사랑받는다는 것을. 그런 그의 음성은
듣기 좋고, 그의 얼굴은 보기 좋다.

마당의 구부러진 나무는
땅의 토질이 나쁘다는 것을 말해 준다. 그러나
지나가는 사람들은 으레
나무가 못생겼다 욕하기 마련이다.

해협을 떠다니는 산뜻한 보트와 즐거운 돛단배들이
내 눈에는 들어오지 않는다. 오직
어부들의 찢어진 어망만이 눈에 보일 뿐이다.
왜 나는 나이 마흔의 소작인 처가
벌써 허리가 굽은 채 걷는 것에 대해서만 이야기하는가?
처녀들의 가슴은
예나 이제나 따스한데.

내가 시에 운을 맞춘다면
내게 그것은 오만이나 다름없다.

꽃 피는 사과나무에 대한 감동과
그림쟁이의 연설에 대한 경악이

Und das Entsetzen über die Reden des Anstreichers.

Aber nur das zweite

Drängt mich zum Schreibtisch.

나의 가슴속에서 다투고 있다.
그러나 바로 이 두 번째 것만이
나를 책상으로 몬다.

(1939)

Die Maske des Bösen

An meiner Wand hängt ein japanisches Holzwerk
Maske eines bösen Dämons, bemalt mit Goldlack.

Mitfühlend sehe ich

Die geschwollenen Stirnadern, andeutend

Wie sehr es anstrengt, böse zu sein.

악한 형상의 가면

내 방 한쪽 벽면에 일본 목각 제품 한 개가 걸려 있다,
금색 칠을 한, 악마 형상의 가면이다.
이마에 툭 불거진 힘줄을
감전된 듯 나는 본다, 그것은
악한 것도 얼마나 힘든 일인지를 보여 준다.

(1942)

Wahrnehmung

Als ich wiederkehrte
War mein Haar noch nicht grau
Da war ich froh.

Die Mühen der Gebirge liegen hinter uns
Vor uns liegen die Mühen der Ebenen.

인지(認知)

내가 귀환했을 때
아직 내 머리는 세지 않았고
나는 그것이 기뻤다.

산맥의 노고가 지나갔고
우리 앞에 놓인 것은 평원에서의 노고이다.

(1949)

Auf einen chinesischen Teewurzellöwen

Die Schlechten fürchten deine Klaue.

Die Guten freuen sich deiner Grazie.

Derlei

Hörte ich gern

Von meinem Vers.

차나무 뿌리로 만든 중국 사자상

악한 자들은 너의 발톱을 무서워했다.
선한 자들은 너의 우아함을 기뻐했다.
내 시에 관해
이런 말 듣는 것을
나 좋아했다.

(1951)

Ach wie solln wir nun die kleine Rose buchen

Plötzlich dunkelrot und jung und nah
Ach wir kamen nicht, sie zu besuchen
Aber als wir kamen, war sie da.

Vor sie da war, war sie nicht erwartet
Als sie da war, war sie kaum geglaubt
Ach, zum Ziele kam, was nie gestartet
Aber war es so nicht überhaupt?

아, 어떤 식으로 이 작은 장미를 기록해야 할까

아, 어떤 식으로 이 작은 장미를 기록해야 할까?
갑자기 짙은 빨강의 장미, 신선한 장미가 보이지 않는가?
아, 장미를 찾아온 것은 아니지만
우리가 도착했을 때 장미가 거기 있었네.
장미가 거기 있기 전에는 아무도 장미를 기대하지 않았는데.
장미가 거기 있었을 때 누구나 놀랐네.
출발하지 않은 것이 목적지에 도착한 것.
그런데 대체로 모든 일이 그렇지 않은가?

(1954)

Gegenlied

Soll das heißen, daß wir uns bescheiden
Und "so ist es und so bleib es" sagen sollen?
Und die Becher sehend, lieber Dürste leiden
Nach den leeren greifen sollen, nicht den vollen?

Soll das heißen, daß wir draußen bleiben
Ungeladen in der Kälte sitzen müssen
Weil da große Herrn geruhn, uns vorzuschreiben
Was da zukommt uns an Leiden und Genüssen?

Besser scheint's uns doch, aufzubegehren
Und auf keine kleinste Freude zu verzichten
Und die Leidenstifter kräftig abzuwehren
Und die Welt uns endlich häuslich einzurichten!

반대 노래[16]

우리가 만족해서 "여태까지 그랬으니 앞으로도 그럴 거야."
라고 해야 한단 말인가?
잔을 바라만 보고, 갈증을 참으면서
빈 잔을 잡아야 한단 말인가, 가득 찬 잔이 아니고?

우리가 밖에 머물러야 한단 말인가?
초대받지 않았으니 추위 속에 앉아 있어야 한다?
저기 위대한 나리들께서 황공하옵게도 우리들에게 맞는
고통과 즐거움을 지정해 주시기 때문에?

거역하는 것이 우리에게 나은 것으로 보인다,
조그만 기쁨도 단념하지 않는 것이
고통을 주는 자들에게 힘차게 대항하는 것이
세계를 그리하여 편하게 느끼는 것이!

(1956)

Als ich in weissem Krankenzimmer der Charité

Aufwachte gegen Morgen zu

Und eine Amsel hörte, wußte ich

Es besser. Schon seit geraumer Zeit

Hatte ich keine Todesfurcht mehr, da ja nichts

Mir je fehlen kann, vorausgesetzt

Ich selber fehle. Jetzt

Gelang es mir, mich zu freuen

Alles Amselgesanges nach mir auch.

샤리테 병원의 하얀 병실에서[17]

잠으로부터 깨어나 아침,
지빠귀 노래를 들었을 때 나는
더 잘 알게 되었다. 상당한 시간 전부터 이미 나는
죽음에 대한 공포가 없었다, 나 자신
부재하는 것 빼고 부재할 게
아무것도 없기 때문이다. 이제 나는
내가 죽은 후에도 계속될 온갖 지빠귀 노래를
즐길 수 있게 되었다.

(1956)

1) 20세기 3대 마르크스주의자의 하나로 일컬어지는 로자 룩셈부르크(1871-1919)의 묘비명을 가상해서 쓴 것, '마르크스주의자로서 브레히트'가 전경화되었다. 룩셈부르크의 '사인(死因)'을 "가난한 자들"과 "부유한 자들"의 대립, 특히 '부유한 자들'에게 돌리고 있다.

2) 『노래 시 합창』에서부터 마르크스주의적 세계관이 관철되었다. 1934년에 열린 모스크바 소비에트 작가 총동맹회의에서 정립된 사회주의적 리얼리즘의 큰 줄기는 당파성, 민중연대성, 그리고 '마르크스주의-레닌주의 반영론'이었다. 이는 벌써 브레히트의 여러 시편들에서 놀랄 만큼 선취되었다. 「국에 관한 노래」에서는 사회주의적 리얼리즘의 세 가지 큰 원치이 모두 나타나는데, 특히 셋째 연에서 "약한 사람들 모두 행진하는 일"을 요청하는 것이 민중 연대성에 관해서이다. 요청이므로 형이상학이지만 여기에서는 유물론적 형이상학이다. 민중 연대에서의 '자기 구제'는 바로 마르크스주의적 구제형이상학이다. 당파성에 관한 빼어난 본보기로는 이어지는 시 「당을 찬양함」을 꼽을 수 있다.

3) 브레히트의 대표적 교훈극인 『조치, 교훈극(Die Maßnahme. Lehrstück)』(1931)에 수록되었다.

4) 브레히트는 예술의 사용 가치를 중시하였다. 브레히트는 로댕이 그의 조각 「칼레의 시민들」을 장터 광장에 설치하기를 원했던 점을 강조했다. 첫 번째 시집 『가정기도서』에서부터 브레히트가 시의 사용 가치를 강조한 것이 주목된다. '서문'이라고 해야 할 곳을 '각 과의 사용 방법 안내'라고 명명하고 "『가정기도서』는 독자가 사용하도록 의도되었다. 무심히 먹어치우듯 읽어선 안 될 일이다."라고 명시적으로 밝혔다. 북유럽 망명 시절의 시집인 『스벤보르 시집』(1939)에서 시의 '사용 가치'를 더욱 노골적으로 강조한다. 다음은 『스벤보르 시집』의 모토이다.

> 덴마크의 초가집 지붕 밑으로 도망 왔지만, 친구들이여,/ 나는 그대들의 투쟁을 좇아갈 것이라네. 예전에 그랬듯이/ 여기 그대들에게 시를 보내네. 해협 너머 수풀 너머 보이는/ 피투성이 얼굴들. 나는 그 얼굴들에 쫓기고 있네./ 몇 편이 그대들 손에 들어가든, 조심해서 사용하시오!

독자의 필요성을 절절하게 의식할 수밖에 없는 '망명지 시인'의 비극성이
첨예하게 드러났다.

"7대들"이라 함은 국내에 남아 있는 '시'의 수신자이고, 그들에게 "조심해서
사용하시오."라고 부탁하고 있다. 당시 독일은 나치즘이 지배하고 있었고,
브레히트의 시들은 나치즘과의 투쟁을 촉구하는 시들이었기 때문이다.
브레히트 시가 넓은 의미의 계몽주의적 전통을 계승하며, 이후 하이네의
본격적 정치시를 계승한다고 할 때 그것은 많은 경우『스벤보르 시집』혹은
그 전후의 시편들에 관해서이다. 수신자와 망명지의 시인 간의 관계가
첨예하게 드러난다.

5) 「노자가 망명 가던 길에 도덕경을 써 준 내력」은『스벤보르 시집』의
'연대기'편에 실렸다.『스벤보르 시집』은 브레히트가 1933년에서 1939년
사이 덴마크 스벤보르 등에 망명해 있을 때 쓴 시들을 모은 것으로, 1939년
런던의 말릭 출판사에서 간행되었다. 브레히트가 망명을 떠난 것처럼 노자
또한 망명을 떠나는 것으로 시가 시작하는 점이 눈에 띈다.

6) 브레히트의 많은 시가 망명지에서 쓰인 점에 주목하여야 한다. 시인에게
망명이란 매우 불리한 조건이었다. 특히 1920년대 바이마르공화국
시대 이후 정치시를 쓰던 작가들, 특히 선동시 및 진보적인
'사용시'(Gebrauchslyrik)들을 쓰던 작가들에게 매우 불리한 조건이었다.
그도 그럴 것이 수신인이 있어야 하는데 수신인이 없기 때문이었다. 듣는
자가 없고 읽는 자가 없는 시를 선동시(혹은 사용시)라고 할 수 없다.

7) 「마이크를 위한 석탄」은 사회주의적 리얼리즘의 모범적 예이다. 사회주의적
리얼리즘의 주요 항목인 '긍정적 주인공(들)'을 제시하고, 아울러 '민중
연대성'을 전경화시켜 사회주의적 리얼리즘의 주요 원칙들을 관철시켰다.

8) 브레히트는 1933년 조국을 떠나 1948년 다시 돌아올 때까지 "신발보다
더 자주 나라를 바꾸며" 망명 생활을 했다. 1933년 조국을 떠나 1948년
동독으로 귀환하기까지 브레히트가 거친 망명지를 순서대로 열거하면
다음과 같다. 1933년: 체코 프라하, 오스트리아 빈, 스위스 취리히, 프랑스
파리, 1933~1939년: 덴마크 퓌넨, 1939년: 스웨덴 스톡홀름, 1940년: 핀란드
헬싱키, 1941년: 소련 모스크바, 블라디보스토크, 1941~1947년: 미국 산타
모니카, 1947년: 프랑스 파리, 스위스 취리히, 1948년: 동독 동베를린 입국.
가장 오래 머문 곳은 덴마크 퓌넨과 미국 산타 모니카였다. 특히 망명 시절의
많은 시들이 덴마크 퓌넨 섬의 스벤보르에서 쓰였다.

9) 브레히트의 '후기 시'는 망명에서 돌아온 1948년에서 1956년까지 동독
시절에 쓴 시들이다. 시집『부코 비가』는 브레히트가 죽기 3년 전인 1953년에

쓴 시들로, '쉰다섯 살에 쓴 만년의 시들'이다. 처음에는 정치시로서만 이해되었으나(시작(詩作)의 직접적인 계기로서 1953년 6월 17일에 있었던 동독 노동자들의 봉기가 강조되었다.) 지금은 대개 역사적인 사건과 어느 정도 거리를 둔 시편들로 간주된다. 크노프(Jan Knopf)는 만년의 시답게 간결하고 소박하며 예지가 넘쳐나고, 또한 불가해성, 다의성의 특징도 갖고 있다고 하였다. 독일 문학사상 괴테의 『서동시편』에 비견된다. 부코는 베를린에서 동쪽 방향에 있는 뮈겔(Schermützel) 호숫가의 마을 이름이다. 여기에 브레히트의 별장이 있었다. 비가는 이상과 현실의 괴리, 혹은 '좋았던 과거, 나쁜 현재'를 주요 내용으로 하는 시의 한 부문이다. 『부코 비가』는 그러나 현실과 과거의 관계가 아닌 현실과 미래의 관계라는 점에서 전통적 비가 형식의 패러디이다.

10) "옛날과 똑같아!"라고 소리 지른 것은 옛날에 귀족과 성직자들이 연합해 농노를 착취했던 일을 상기시키기 때문이다. 왕좌와 제단(Thron und Altar), 즉 귀족과 성직자의 공고한 연맹은 봉건주의의 특징이었다. 성직자는 봉건사회를 유지시키는(혹은 농노제도를 유지시키는) 이데올로그들이었다.

11) 「노자가 망명 가던 길에 도덕경을 써준 내력」 5절에서 사용된 '약한 것이 강한 것을 이긴다.'는 모티브가 반복 사용되었다. 『도덕경』 76장에 "나무가 강하면 꺾인다."라는 표현이 출처이다. 이 시가 수록된 만년의 시집 『부코 비가』, 특히 「쇠」는 '1953년 6월 17일 노동자 봉기'와 밀접한 관련이 있다. "나무"의 '휘어짐과 부드러움'은 민중을 표상하고, "쇠"의 '굳음·딱딱함'은 노동자들을 강제 진압한 동독 공산주의 당국을 표상한 것으로 보는 것이다. 파시즘 비판에 대한 알레고리로 쓰였던 것이 다시 공산주의 비판에 대한 알레고리로 사용되었으니 역사의 아이러니이다. 물론 다른 관점도 가능하다. 교훈 일변도의 경직된 문학을 강요하는 동독 당국에 대해 브레히트가 민중의 지혜를 좇아 '허리를 굽혔고'("휘어졌고"), 그리고 "살아남았다."라고 보는 것이다. '살아남는 지혜' 또한 브레히트의 주요 화두 중 하나라는 점에서 설득력 있다. 그러나 브레히트가 당시의 한 메모장에 "끔찍한 6월 17일"이라고 기록했고, 그리고 동독 당국이 "노동자들을 얻는 기회"를 상실했다고 기록한 점에서 「쇠」는 '철'의 공산주의, '철'의 스탈린주의에 대한 의심의 구체화라고 보는 편이 더 설득력 있다. 물론 여기에서도 '굽힘〔휨〕'과 살아남음'의 철학이 적용된다. 민중이 '전체주의로부터 살아남아야 한다.'고 한 것으로 보는 것이다.

12) "대홍수도 / 영원하지 않았다. / 말들은 한 번 / 빠지니까 그만이었다. /

홍수보다 오래 견디는 자들은/ 얼마나 드물던가!」「호라츠를 읽으면서(Beim Lesen des Horaz)」 전문이다.(브레히트는 『부코 시가』 집필 당시 '호라츠'를 읽고 있었다.) 브레히트의 여러 글에서 '살아남는 일'(혹은 견뎌 내는 일)은 매우 중요한 '요청'이다. 산문 「폭력에 대한 조치(Maßnahme gegen die Gewalt)」(1930)에서 특히 압제의 시대에서는 살아남는 일이 중요하다는 메시지를 간명하고 감동적으로 전한다. 드라마 「갈릴레이의 생애(Leben des Galilei)」의 초판본 덴마크판(1939)에서는 갈릴레이의 학설 철회를 옹호하는 입장을 취한다. 그가 지동설을 철회하고 살아남아, 연구를 계속할 수 있었고 역사 발전에 도움을 주었기 때문이다. 산문 「진실을 쓰는 데 있어서 다섯 가지 어려움(Fünf Schwierigkeiten beim Schreiben der Wahrheit)」(1940)에서는 진실을 유포시키기 위해 속임수도 감수해야 한다고 말한다.

13) 3운구법(Terzinen)은 각운에 가시적 변화를 둔 정형시의 일종이다. 번역문에는 안 나타나지만 각운이 3행 단위로 펼쳐진다. 3행이 1절을 이루며, 첫째 행과 셋째 행이 포옹각운으로서 가운데 행을 포옹한다. 가운데 행의 각운이, 이른바 우로보로스 꼬리 역할로서, 다음 3운구의 포옹각운이 된다. 3운구법을 '무상의 3운구법'이라고 하는 것은 각운이 계속 변하기 때문이다. 허망한 사랑을 허망한 3운구법으로 표현하였다. 단테의 『신곡』 역시 3운구법이었다.

14) 브레히트는 「배우는 사람 없는 가르침」에서 수신자 없는 망명 시대 시인의 어려움을 토로했다. "배우는 사람"을 다른 말로 하면 '읽어 주는 사람'이다. 읽어 주는 사람 없는 글쓰기란 "어렵다."는 것이다. "명성 없는 글쓰기"가 "어렵다."라고 한 것 역시 읽어 주는 사람(혹은 "들어 주는 사람") 없는 글쓰기란 어렵다고 한 것이다. 독자들은 명성 있는 자의 글을 읽는데, 망명지에서 외국인인 브레히트가 명성을 얻기는 힘들기 때문이다. "인쇄업자"에 관한 상상도 마찬가지다. 인쇄업자가 있다는 것은 독자가 있다는 것인데, '지금' 브레히트에게는 인쇄업자가 없다. 독자가 없기 때문이다. 브레히트는 그래서 망명지에서 쓴 시들을 "병 우편"(Flaschenpost)(병에 담아 보내는 편지: *Arbeitsjournal.* 2 Bde, hrsg. v. W. Hecht, Frankfurt/M. 1973, Bd. p. 1, 283쪽)이라고 표현했다. 누가 언제 받을지 모르기 때문이다. 그러나 병에 담아 보내는 편지는 누군가 읽어 주기를 바라는 간절한 소망과 편지를 읽는 사람이 변화되기를 바라는 간절한 소망이 담겨 있었다. 세계의 "개선"이 앞당겨지기를 바라는 간절한 소망이 담겨 있는 편지인 것이다.

15) 브레히트의 「서정시를 쓰기 힘든 시대」를 아도르노의 유명한 말로 풀이하면 "아우슈비츠 이후 시를 쓰는 것은 야만적이다."가 된다. 브레히트와 아도르노는 이에 대해 상호텍스트성의 관계에 있다. 아도르노의 온전한 문장은 다음과 같다. "아우슈비츠 이후 시를 쓰는 것은 야만적이다. 그리고 이것은 오늘날 시를 쓰는 것이 왜 불가능해졌는지를 표명하는 인식 또한 갉아먹고 있다." 1949년에 쓰고 1951년에 발표된 「문화비판과 사회」라는 사회학 논문에서 했던 아도르노의 말이다(Theodor Adorno, *Kulturkritik und Gesellschaft*, in: Prismen, München 1963, 26). 아도르노의 후반부 문장이 의미하는 것은 아우슈비츠 이후 시를 쓰는 것이 야만적이라고 하는 인식이 오늘날 시 쓰기를 불가능하게 만드는 다른 이유들에 대해 성찰하는 것을 방해하고 있다는 것이다.(오늘날 시 쓰기가 불가능한 이유는 '아우슈비츠' 말고 또 있을 것이다.) 혹은 '아우슈비츠'가 오늘날 시 쓰기를 불가능하게 만드는 절대적 이유로 자리 잡았다는 것이다. 브레히트가 먼저 쓰고(1939) 아도르노가 그 뒤를 따랐다.(1949)

16) 외면으로만 보면, 『가정기도서』에 실렸던 「세상의 친절함에 관하여」를 개작한 시이다.(베르톨트 브레히트, 『검은 토요일에 부르는 노래』(박찬일 옮김, 2016) 참조.) 제목을 단지 「반대 노래」라고 하지 않고 「「세상의 친절함에 관하여」에 대한 반대 노래」라고 가정하면 시의 의미가 분명해진다. 「세상의 친절함에 관하여」는 브레히트가 니체주의(Nietzscheaner)의 자장에 있을 때의 반영물로서, 『가정기도서』에서 중요한 부분이다. 「반대 노래」와 「세상의 친절함에 관하여」는 작가의 세계관이 달라졌을 때 시 또한 달라지는 것을 보여 준다. 여기에서는 니체주의자에서 마르크스주의자로 변한 경우로서,(혹은 존재철학에서 정치철학으로 변한 경우로서) 마치 사울과 바울의 거리만큼, 혹은 바울과 사울의 거리만큼 '갑자기 크게 변한 경우'로 볼 수 있다. 「반대 노래」는 이미 제목에 암시된 것처럼 패러디의 구성 요소에 '형식모방'-'내용변용' 이외에 '풍자적 비판'이 더 있다고 볼 때, 「세상의 친절함에 관하여」에 대한 패러디로 볼 수 있다. '희귀한' 자기 패러디 시편이다. 자기 작품을 다시 쓰는 것에 대한 명명으로서 '개작(Kontrafaktur)'이란 용어가 따로 있다 해도 여기서는 '자기 패러디'가 더 적절한 명명으로 보인다.

17) 인간의 여러 조건 중 하나가 '분열'이다. 인간 마음속에 한 가지만 저어 가지 않는다. 시대(혹은 시대의 불의)가 저어 가기도 하고, 행복함이 저어 가기도 하고, 죽음 의식이 저어 가기도 한다. 『부코 시가』에 실린 시편들을 포함한, 브레히트의 만년의 시들은 브레히트의 마음속에 여러 가지가 저어 갔다는

것을 분명히 보여 준다. 「샤리테 병원의 하얀 병실에서」에서는 죽음 의식이
저어 갔다.

베르톨트 브레히트

젊은 시절의 베르톨트 브레히트

미국 베벌리힐스에서 연극 「갈릴레이의 생애」의 첫 공연 날, 찰리 채플린(왼쪽)과
베르톨트 브레히트(1947년)

덴마크에서 망명 중이던 베르톨트 브레히트(왼쪽)와 발터 베냐민(오른쪽)이 함께 체스를
두고 있다.(1934년)

독일 문학의 얼굴을 바꾼 브레히트

박찬일

1 유연한 마르크스주의자

1927년 출간한 『가정기도서』까지 브레히트는 표현주의-
자연주의-니체의 자장에 있었다.[1] 이후 브레히트는
'마르크스주의'로 선회하였다. 그의 서사극(혹은 변증법적 연극)은
세상의 변혁이 목적이었다. '브레히트의 문학'은 '목적문학'을
지향하며, '참여문학'의 대명사였다. 그는 문학의 '사용 가치'를
일관되게 강조하였다.[2]

   브레히트는 속류 교조적 마르크스주의와는 거리가
멀었다. 카를 코르쉬(Karl Korsch)의 영향을 받은 보다 유연한
마르크스주의자로 이해하는 것이 일반적이다. 브레히트의
변증법적 연극 이해에서는 상부구조가 하부구조에 의해
일방적으로 규정된다는 설정을 벗어나, 상부구조와 하부구조의
상호 변증법적 관계를 강조한다. 이를 염두에 두면, 그의
변증법적 연극은 생산미학적이자 수용미학적인 차원에서 보다
쉽게 이해될 수 있다. 브레히트의 서사극(변증법적 연극)은
연극(혹은 문학 일반)을 생산미학적으로 구축하려는 동시에
영향미학적으로(혹은 수용미학적으로) 구축하려는 시도가 치밀하게

---

1) 첫 시집 『가정기도서』에는 1916년부터 1925년까지의 시가 실려
있는데, 이에 대해서는 베르톨트 브레히트의 시집 『검은 토요일에 부르는
노래』(박찬일 옮김, 2016) 참고.
2) 문학의 '사용 가치'에 대해서는 이 책의 미주 4번 참고.

상호작용하는 목적미학적 '작시술(Dichtkunst)'의 모범적 예이다.

이처럼 교조주의에서 벗어난 마르크스주의 이해는 1937-1938년의 '표현주의 논쟁'에 이르러 모더니즘 수용으로까지 이어진다. 브레히트는 모더니즘의 여러 테크닉을 수용하는 쟁점을 둘러싼 논쟁에서 어느 누구보다도 전향적 태도를 보였다. 생소화 효과(Verfremdungseffekt)가 넓은 의미에서 '인용'에 의한 것이며 '인용의 장(場)'에서 펼쳐지는 효과라고 볼 때, 이는 모더니즘의 주요 기법인 몽타주-콜라주-병렬 양식 등과 상호인접 관계에 있다. 브레히트는 "몽타주와 인용 속에 생소화 효과가 있다."며 몽타주와 인용을 '구체적으로' 거론한 바 있다. 그는 몽타주와 인용을 같은 차원에서 이해했다.[3]

2 관찰의 예술, 곧 인식의 예술

브레히트 시편들은 몰입의 예술이 아니라, 관찰의 예술이라 할 수 있다. 그의 시에는 상호 긴밀한 내적 긴장관계를 기반으로 하는 전통적 서정형식과는 다른 형식이 나타난다. 그중 하나는 여러 시편들에서 등장하는 이중적 화자이다. 최초의 화자 이외에 중간 중간, 혹은 말미에 다른 화자가 등장하곤 한다. [전지적] 서사적 화자가 불쑥 얼굴을 내미는 것인데, 이는 마치 연출자가 무대 위에 직접 등장하는 것과 같다.

여러 시편들에서 일련의 번호를 붙여 연을 구분하게 한 것 또한 전통적 서정시와 다른 점으로서, 브레히트 시를 관찰의 예술, 나아가 인식의 예술이라 하는 이유이다. ('보여지는 예술'과 '보는 예술(Zuschaukust)'의 관계는 환상극과 변증법적 연극(혹은 서사극)의 관계와 같다. 환상극이 몰입의 예술이고, 변증법적 연극이 관찰의 예술이다.

---

3) B. Brecht, Werke in 20 Bdn, Frankfurt/M. 1967, Bd.15, 366쪽 참조.

관찰의 예술은 곧 인식의 예술이 된다.) 한 편의 시를 일련의 번호로
구분하는 것은 상호 긴밀한 내적 긴장관계를 가시적으로
깨뜨리려는 시도로서, 미적 모더니즘의 중요한 테크닉 중의
하나인 파편적 글쓰기라 할 수 있다.

　　몰입의 예술이 아닌 '관찰의 예술, 즉 '인식의 예술'이야말로
시 장르 본연의 특징이라 할 수 있다. 드라마나 회화와 달리
몰입을 기대할 수 없는 예술이 시-예술 아닌가. 아니, '상대적
차원에서' 관찰을 더 많이 말해야 하는 예술이 시-예술 아닌가.
인식을 '더 많이' 말해야 하는 예술이 시-예술 아닌가. 어쩌면
시-예술에서 몰입의 예술(혹은 환상극)이란 애초부터 불가능하지
않을까? 이를테면 (아리스토텔레스적 환상극에서처럼) 연민과 공포의
야기가 생산미학적 목표가 아니고, 연민과 공포의 해소가
영향미학적 목적이 아니지 않은가?

3 문학적 유산의 쇄신

　　브레히트의 문학을 들여다볼 때 독일 이상주의 시대의 문학적
유산을 언급하지 않을 수 없다. 첫 시집 『가정기도서』 이후,
브레히트는 분명 이상주의 시대, 특히 계몽주의 문학의 자장에
있었다. 첫 시집 『가정기도서』의 여러 경향, 특히 반(反)기독교적
태도를 고려할 때 『가정기도서』 또한 역사적 계몽주의와
무관하지 않다.[4]

---

4) 『가정기도서』는 '존재의 불의'에 관한 시집이다. 존재의 불의는 우선 신의
부재 상황, 신의 죽음에서 기인한다. 중요한 것은 신의 죽음, 곧 신의 부재
상황을 인정하는 것이다. 이를 인정하지 않는 것은 현실을 호도하는 것이다.
'신의 부재=신의 죽음'이라는 불의한 존재 상황은 브레히트에게 수용의
대상이지, 부인의 대상이 아니었다. 신의 부재는 코페르니쿠스-갈릴레이로
이어지는 지동설 증명, 다윈-니체로 이어지는 진화론, 그리고 프로이트를

이를 이해하기 위해서는 우선 18세기 후반-19세기 전반에 독일은 '시인과 사상가의 민족'이 되었다는 것을 알아야 한다. 이 '시인과 사상가의 민족'이 비록 정치·경제·사회적 후진성의 반영이라 하더라도, 또한 이러한 후진성으로 인해 영국의 명예혁명(1688), 미국의 독립혁명(1776), 프랑스혁명(1789) 등과 같은 가시적 성과를 이루지 못했다 하더라도, 그리고 이른바 '독일의 비참함'만을 말할 수밖에 없었을지라도, 세계문학의 자산으로서 당시 독일 이상주의 문학의 가치를 부정할 수는 없다. 레싱, 괴테로부터 프리드리히 실러, 노발리스, 슐레겔 형제에까지, 또한 칸트와 쇼펜하우어를 거쳐 피히테, 셸링, 헤겔에 이르는 독일 이상주의 시대 즉 '괴테 시대'에 독일 민족문학은 세계문학이 되었다.

브레히트가 독일 이상주의 시대의 문학 유산을 쇄신한 것은 바로 '관념'의 문학을 하지 않았다는 점에서이다. 그는 하이네의 유산을 이어 받아 정치·경제의 혁명적 상황을 문학에 끌어들여 소위 예술시대(Kunstperiode)를 가시적으로 극복하였다. 브레히트는 문학을 현실 저변에서 낚아 올려, 문학을 '방금 구워낸 빵'처럼 사용하도록, 그리고 향유하도록 했다. 브레히트는 정치·경제·사회적 제문제들과 대면했으며, 그것들을 드러내고자 했다. 괴테가 『문학과 진실』 및 '에커만과의 대화' 등에서 문학적 현실의 발원지는 곧 경험적 현실이라고 여러 번 강조한 것을 상기해 보면, 괴테의 문학 정신이 첨예하게 구체화된 것이 바로 브레히트의 문학이라고 말할 수 있다.

한편 브레히트의 문학에서 독일 이상주의 시대의 문학

거치며 공고한 현실이 되었다. 무엇보다도 니체에 의해 '신의 부재=신의 죽음'은 확고하게 천명되었다. 어두운 본능이 인간의 무의식에 웅크리고 있으며, 인간에게 창조의 왕관으로만 정의할 수 없는 부분이 있다는 것 또한 신의 부재를 증명한다.

유산을 이야기할 때, 레싱의 영향을 빼놓을 수 없다. 브레히트의 전성기 드라마들은 계몽주의의 첨병인 레싱의 '드라마투르기'를 변증법적으로 극복 및 계승하는 데서 시작한다. 레싱 드라마의 계승이란 레싱의 '시민문학론'에서 주장하는 바로, 즉 동시대인에 관한 따뜻한 관심이며 궁극적으로는 낡은 체제에 대한 극복이다.

브레히트의 작품 전반에는 '투이즘(Tuismus)'이라는 주제가 관통한다. '투이(Tui)'는 브레히트가 만든 신조어인데 'intellektuell'(지식인의)라는 형용사를 'tellekt-uell-in'으로 도치시켜 앞 글자를 따온 것으로 '현실을 인정하지 않는 사람'이란 뜻이다. 브레히트에게 '투이즘'이란 현실, 특히 사회적으로 불의한 현실을 인정하지 않는 것이고, '투이'는 사실을 있는 그대로 인정하지 않고 불의를 호도하는 자가 되는 셈이다. 불의의 종류에는 존재의 불의와 사회적 불의가 있는데, '투이즘'이 가리키는 것은 바로 사회적 불의에 맞서지 않는 것이다. 브레히트는 이러한 '투이'들을 풍자로 비판하였다.

4 독일의 문학적 얼굴을 바꾸다

브레히트가 마르크스주의적 현실주의에 경도되었다는 사실은 부인할 수 없다. 『가정기도서』 이후 브레히트 시에서 나타나는 일관성은 바로 문학의 사용가치이다.[5] 브레히트는 "사회적

---

5) 다만 『가정기도서』에서 강조된 글의 사용가치는 제한적 의미로 보아야 한다. 이는 사회 변혁에 기여하는 사용가치가 아니라, 독자의 일상에 관여하는 사용가치이다. 사용문학은 넓게 목적문학에 포함되지만, 『가정기도서』를 일반적 의미의 목적문학, 즉 정치문학 혹은 참여문학이라고 하기는 어렵다. 특히 독일문학에서 베어트-프라일리히그라트, 그리고 하이네로 이어지는 일련의 정치시와, 또한 프랑스의 사르트르가 말한 (특히 그의 「지식인이란 무엇인가」에서) 참여문학의 본뜻을 감안한다면 더욱

인과관계로서의 복합체*6)로서의 문학에 주목했다. '사건들 뒤의 사건'에 주목한 것이고, 이로써 브레히트는 독일의 문학 얼굴을 바꾸었다. 이는 넓은 의미의 이상주의 시대 문학을 상대로 한 것이다.

아래 인용된 시는 아도르노의 격률 "아우슈비츠 이후 시를 쓰는 일은 야만적이다."와 상호텍스트성 관계에 있는 브레히트의 「서정시를 쓰기 힘든 시대」이다.7)

> 마당의 구부러진 나무는
> 땅의 토질이 나쁘다는 것을 말해 준다.
>
> (…)
>
>
> 해협을 떠다니는 산뜻한 보트와 즐거운 돛단배들이
> 내 눈에는 들어오지 않는다. 오직
> 어부들의 찢어진 어망만이 눈에 보일 뿐이다.
> 왜 나는 나이 마흔의 소작인 처가
> 벌써 허리가 굽은 채 걷는 것에 대해서만
>   이야기하는가?
>
> (…)

그러하다. 정치문학 혹은 참여문학이 말하는 것은 세상을 바꾸자는 것이다. 간단히 말하면 '정치 혁명'을 부르짖는 문학이다. 브레히트의 초기 시의 사용문학-목적문학적 성격을 넓은 의미의 정치문학-참여문학과 이어진다고 보는 것은 이후 브레히트의 마르크스주의적 문학 역정을 감안하기 때문이다. 이후의 시집 『노래 시 합창』, 『스벤보르 시집』, 그리고 변증법적 연극(교훈극-서사극)들은 새로운 인식에 의한 사회적 변혁을 강조하는 정치문학-참여문학의 정수를 보여 준다.

6) B. Brecht, 『Über Realismus』(hrsg. v. W. Hecht, Frankfurt/M. 1971) 70쪽 참고.

7) 이 책의 미주 16번 참조.

내가 시에 운을 맞춘다면
내게 그것은 오만이나 다름없다.

꽃 피는 사과나무에 대한 감동과
그림쟁이의 연설에 대한 경악이
나의 가슴속에서 다투고 있다.
그러나 바로 이 두 번째 것만이
나를 책상으로 몬다.

"내가 시에 운을 맞춘다면 / 내게 그것은 오만이나
다름없다"는 아도르노의 '예술금지 명제'와 상호 유비관계에
있다. "마당의 구부러진 나무"가 나쁜 토양 탓이라고 했을
때 이것은 무엇보다 토대에 의한 상부구조의 결정을 말하는
유물론적 마르크스주의적 태도이다. "나이 마흔의 소작인 처"의
구부러진 등만 보인다고 하고, 이윽고 "꽃피는 사과나무에 대한
감동"보다 "그림쟁이(히틀러)의 연설에 대한 경악"이 앞선다는
브레히트의 시는 당시 정치적 목적문학(혹은 반파시즘 문학)의 정점을
보여 준다.

5 브레히트와 정치문학

땀을 뚝뚝 흘리며 그가 허리를 굽혀
마른 나뭇가지를 찾는다. 고개를 흔들며
모기를 쫓는다. 양 무릎 사이에 두고
힘들게 땔나무를 묶는다. 신음 소리를 내며
일어서서는, 손을 높이 치켜든다. 비가
오려는지 살피는 듯. 높이 치켜든 손
무서운 나치 친위대원.

개인은 두 눈을 가지고
당은 수천의 눈을 가진다.
당은 일곱 국가를 보는데
개인은 도시 하나를 본다.
개인은 자기 시간을 가지게 되나
당은 많은 시간을 갖는다.
개인은 무력화될 수 있으나
당은 무력화될 수 없다,
그럴 것이 당은 대중의 선봉장으로서
자기 전투를 수행하기 때문이다
실전 지식에서 길러지는 것으로
거장들이 쓰는 방법이다.

──「당을 찬양함」(1931년경)에서

1
금세기 초엽,
오하이오주
비드웰에 한 여자가 살았다고 했다
마이크 매코이라는 이름의 죽은 철도 노동자,
그의 아내 가난한 메리 매코이였다.

2
덜커덩거리며 오는 휠링 철로회사의 기차로부터 밤마다
울타리 너머 감자밭으로
제동수가 석탄 한 덩어리를 던졌다
거친 목소리로 급하게 소리쳤는데
"마이크를 위한 석탄이오!"

3
매일 밤, 마이크를 위한
석탄 덩어리가 오두막집 뒷벽을 칠 때마다
나이 든 여자가 자리에서 일어나, 잠이 덜 깬 채
치마를 입고 석탄 덩어리를
옆에 치워 놓는다
제동수들이 마이크에게 주는 선물, 죽었으나
잊히지 않는 마이크.

4
여자는 그러나 먼동이 트기 벌써 전에 일어나
세상의 눈을 피해 선물을 치워 놓았다
휠링 철로회사 동료들이
곤란을 겪지 않게 말이다.

5
이 시를 제동수 마이크 매코이의
동료들에게 헌정한다
(마이크 매코이는 폐가 너무 약해
오하이오 석탄차에서 죽었다)
동지애를 기리자!
——「마이크를 위한 석탄」(1926)에서

위의 세 편의 시는 브레히트의 대표적인 정치시로 꼽을 수
있다. 반파시즘과 사회주의 리얼리즘을 반영하였다. 이 가운데
「숲속의 외팔이」는 반파시즘의 대표시 중 하나이다. 브레히트의
『노래 시 합창』 및 『스벤보르 시집』의 여러 시편들, 특히 망명기의
여러 시편들이 반파시즘 시편들이었다. 망명에서 돌아온 후의
시집 『부코 비가』에서도 반파시즘 시편들을 볼 수 있다.

브레히트 중초기의 여러 시편들은 1934년 1회 소비에트 작가회의에서 사회주의 문학예술의 통일된 창작 방법으로 사회주의 리얼리즘이 확고하게 채택되기 전 이미 사회주의 리얼리즘 문학의 선구적 역할을 하였다. 「당을 찬양함」은 원래 브레히트의 대표적 교훈극인 『조치, 교훈극(Die Maßnahme, Lehrstück)』(1931)에 수록되었던 것으로, 사회주의 리얼리즘의 가장 중요한 원칙 중 하나인 사회주의적 당파성이 관철되었다.

「마이크를 위한 석탄」은 긍정적인 인물과 민중연대, 사회주의적 당파성, '투쟁하는 프롤레타리아' 등 사회주의 리얼리즘의 주요 원칙과 요소들이 모두 갖춰진 사회주의 리얼리즘의 모범적 예이다. 이 시는 브레히트가 비교적 젊은 시절에 썼는데, 이는 앞서 말한 1934년의 강령보다 훨씬 앞선 것이다. 「마이크를 위한 석탄」은 전형 인물 및 '전형성'이 달성되었고, 무엇보다 민중연대성이 가시화되었다는 점에서 의미가 크다.

최고의 작가라고 말할 때, 이는 그때그때의 상황을 고려하여 최선의 말을 찾아내는 작가를 가리키는 것이기도 하다. '정치적 작가로서의 브레히트'를 감량시키려는 시도, 혹은 브레히트의 문학을 어느 한 면으로 무조건 일반화 시키려는 시도들은 모두 역사적(혹은 역사철학적) 브레히트 이해를 부인한다. 이른바 동일성 사유에 근거하는 것으로서 브레히트의 중요한 부분부분들을 간과하게 되는 우를 범한다. 작품 내재적 해석 관점에 의해서이든 혹은 실증주의적 해석 관점에 의해서이든, '다양한 브레히트'가 존재하는 것, 그것만이 사실이다.

사랑은 역동적이고 진리는 구체적이다

박상순(시인)

"푸르른 9월 어느 날, 어린 자두나무 아래서 나는 그녀를, 그 고요하고 창백한 사랑을 조용히 품에 안았다." 브레히트의 시 「마리 A에 관한 기억」(『검은 토요일에 부르는 노래』 수록)은 이렇게 시작한다. 마리는 브레히트가 대학에 입학하기 전에 사귀었던 연인이다. 브레히트는 기타를 메고 친구들과 어울려 다니면서 자신이 쓴 시를 직접 작곡해 아우구스부르크의 축제 무대나 베를린의 카페에서 부르기도 했었다.

「마리 A에 관한 기억」에도 직접 곡을 붙였다. 잔잔한 발라드 곡이다. 그와 함께 음악 작업을 했던 작곡가가 곡을 붙인 것도 있고, 이후에 영국의 록가수가 부른 영어 버전도 있다.

브레히트는 대학생이 된 직후 징집되어 1차 세계대전 종전 때까지 위생병으로 근무했다. 혼란의 시대였다. 나치가 등장하는 폭력의 시대가 되자 그는 민중의 자각과 사회 변화를 향한 문학적 행보를 시작한다. 마르크스주의와도 만난다. 공산주의를 찬양하는 시도 발표한다.

브레히트는 "꽃 피는 사과나무에 대한 감동"보다 "그림쟁이(히틀러)의 연설에 대한 경악" 때문에 서정시를 쓰기 힘들게 된 시대라고 판단했다. 낭만적인 서정시가 쓸모없는 시대라면 새로운 문학을 통해 투쟁해야 마땅하다. 그는 투쟁한다. 동시에 전쟁의 포화나 어둠 속에서도 젊은 연인들의 사랑 또한 피어나야 할 것이다. 그는 또한 사랑과 함께 한다.

브레히트가 대학생이 되면서 사귄 여인 파울라는 그의 아들을 출산했지만 결혼은 하지 않았다. 오페라가수 마리안네와

결혼한다. 1927년에는 첫 시집 『가정기도서』를 출간했고,
이듬해에는 「서푼짜리 오페라」가 대성공을 거둔다. 그다음
해에는 배우 헬레네 바이겔과 재혼한다.

1933년 독일 의사당이 나치의 방화로 불탄 다음날 브레히트는
가족과 공동작업자인 조수와 함께 재빨리 독일을 탈출한다.
스위스, 프랑스를 거치면서 반나치 투쟁을 역설한다. 덴마크
작가의 도움을 받아 덴마크 해안가에 거처를 마련한다. 독일
국적은 박탈당한다.

몇 년간 덴마크에 머물면서 작업하지만, 그곳에서도
탈출해야만 했다. 핀란드를 거쳐 모스크바에서 시베리아
횡단열차를 타고 블라디보스토크에 도착한다. 그곳에서 배를
타고 미국으로 망명한다. 그사이 독일을 탈출하면서부터 줄곧
함께 있었던 공동작업자이며 연인인 배우 마르가레테 슈테핀은
모스크바에서 사망한다. 그녀와 브레히트는 육체적인 단어들이
가득한 뜨거운 사랑시를 주고받는 사이였다.

마침내 전쟁이 끝났지만 브레히트는, 미국에서
공산주의자라는 혐의를 받아 체포될 위험에 처한다. 자신은
공산주의자가 아니라고 증언을 한 다음날 그는 미국을 떠난다.
프랑스, 스위스를 거쳐 아내 헬레네의 조국인 오스트리아 국적을
취득하지만 공산주의자라는 혐의 때문에 거처를 얻지 못한다.
결국 동독에 정착한다. 여러 나라를 떠돌던 망명의 시절이 끝났고
그는 살아남았다.

나도 물론 안다, 단지 운이 좋아
그 많은 친구들보다 나는 오래 살아남았다.
하지만 어젯밤 꿈에
나는 그 친구들이 나에 대해 말하는 소리를 들었다.
"강한 자는 살아남는다."
그러자 나는 내 자신이 미워졌다.

　브레히트는 그의 생애 마지막 시기에 베를린의 쇼세스트라세 125번지에서 아내와 함께 살았다. 브레히트는 그곳에서 세상을 떠났다. 아내 또한 사망한 후 이 건물은 '브레히트 하우스'라는 이름의 기념관으로 문을 열었다. 오늘날 이 건물 1층에서는 이런저런 소규모 문학 행사가 열린다. 입구에 들어서면 브레히트의 사진 몇 장이 벽에 붙어 있을 뿐 마침내 살아남았던 그도 이제 그곳에 없다.

　그런데 그가 살던 바로 옆, 126번지에 가면 그를 만날 수 있다. 바로 옆 126번지는 공원묘지이다. 먼 곳을 오랫동안 떠돌았던 까닭인지 죽어서 그는 살던 곳에서 가장 가까운 곳에 묻혔다. 그런데 그가 사망한 뒤 18년 동안 규칙적으로 묘지를 찾아오는 여인이 있었다. 그녀는 브레히트의 또 다른 연인 베를라우였다. 그녀는 이미 브레히트의 연극에도 출연했던 덴마크 출신의 여배우로, 브레히트의 미국 망명 시절에는 미국까지도 따라갔었다. 베를라우와 모스크바에서 사망한 마르가레테는 모두 공산주의자로 브레히트와 함께 나치에 쫓기고, 또 함께 대본의 구성과 공연을 준비하는 공동의 작업자였다. 그들에게 사랑과 삶에 관한 열정이 없었다면 세계나 사회에 대한 새로운 인식과 혁명의 의지 또한 희미했을 수도 있다.

　'시대정신', '예술적 표현 욕구', '양식'은 예술사를 구성하는 주요 개념이다. 브레히트는 현실을 직시하는 가운데 사회 변혁을 향한 목적성을 강조하면서 마르크스주의를 수용했다. 그는 시의 본질 중 하나를 '사용 가치'에 두었기에, 그에게 있어서 시는 단순한 표현이 아니라 능동적인 것이었다. 그럼에도 불구하고, 그의 언어는 오로지 마르크스주의를 주입하는 '혁명적 조작'을 위한 도구적 언어를 넘어선다. 독일 표현주의의 역사적 맥락을

품은 그의 초기 시에서부터 그의 시적 언어는 개성적인 문학성을 독특하게 드러낸다.

이것은 정치사회적인 입장을 가진 그가 문학의 언어를 미적으로 실현한다는 뜻이다. 독일 탈출 직후에 쓴, 정치적인 선동시도 있지만 대다수의 작품은 작가의 예술적 표현 욕구가 시대정신과의 관계를 통해 하나의 예술적 양식을 완성하는 문학적, 미적 형식과도 역학적 관계를 긴밀하게 유지한다.

그가 남긴 시들은 발라드, 소네트, 에피그램 등 고전적인 형식에서부터 찬송가 형식, 노래시(song) 등 다양한 형식을 보여준다. 그의 시에는 모음의 반복, 불규칙 리듬, 자음들의 충돌을 통한 마찰음과 파열음의 효과, 시행의 끝을 과격하게 잘라내는 앙장브망(enjambement) 등이 있기에 한국어로 옮길 때에는 어려움이 많을 것으로 보인다.

브레히트는 말한다. "규칙적인 리듬은 몽상적인 분위기로 이성을 마비시킨다. 이성적인 사고는 오히려 나름대로의 감정적 형식을 얻게 된다. 나는 불규칙한 리듬의 시를 쓰면서도 시적인 것에서 멀어졌다고 생각한 적은 없다." 새로운 시를 향한 그의 예술적 의도가 담겨 있다.

그는 리얼리즘에 관해서도 "어떤 리얼리스트도 사람들이 이미 알고 있는 것을 항상 되풀이하지는 않는다. 그럴 경우에는 결코 현실에 대한 살아 있는 관계를 보여 줄 수 없다."고 말하면서 "하나의 방을 묘사하는 유일한 방식을 선포하지는 말자!"며 형식 실험의 유연성을 강조했다.

극작가로서 그가 '생소화 효과'나 '몽타주 기법' 등을 통해 대중의 즉각적이고 감정적인 공감보다는 이성적인 비판적 거리를 예술적으로 연출해 낸 것처럼, 그의 시는 서정시에 대한 새로운 관점을 제시한다. 비현실적인 감상(感傷)과 몽상적인 감정의 관념적 표현에 몰두하는 서정시를 거부하면서 시의 개념을 변화시킨다. 그리고 그는 "언어의 장식과 미화가 아닌 현실의 언어, 선전이 아닌 현실의 폭로"를 지향하면서 '시대의 시'를 만들고자 했다. 그의 후기 시에 나타나는 자연 또한 사회적 현실 속에서의 자연이다.

덴마크 시절 농가의 마구간을 개조한 브레히트 거처의 기둥에 새겼다는 "진리는 구체적이다."라는 명제는 특히 중요하다. 그의 시에서 자주 나타나는 죽음은 사회적 인간의 죽음이고, 내용적으로 그의 구체성은 사회적 현실이다. 문학의 언어는 그것이 사회적이든 인간적이든 구체적인 것이다. 그리고 그것은 브레히트의 경우처럼 역동적이고 역설적이며 예술적인 형식이어야 한다.

브레히트는 현대 연극의 발전에 기여한 실험적인 극작가인 동시에 고트프리트 벤과 더불어 20세기 독일의 최고 시인으로 꼽힌다. 벤 또한 서정시의 문제들을 지적하면서 현대시의 새로운 방향을 모색했었다. 구체적인 현실에서 출발하는 시적 언어를 통해 비로소 구체적 진리를 현실에 내보이는 문학사의 변혁은 오늘도 계속된다.

새로운 번역으로 브레히트를 다시 읽게 해 주신 박찬일 시인께 감사드린다. 앞에서 언급한 브레히트의 노래시(song)는 미국의 록밴드 도어스(the Doors)의 버전을 통해서도 그 분위기를 느낄 수 있다. 랭보를 좋아했고 시를 쓰기도 했던 도어스의 짐 모리슨은 브레히트의 오페라 「마하고니의 흥망성쇠」에서 여배우들이 불렀던 「알라바마 송(Alabama Song)」(브레히트 시/쿠르트 바일 작곡)를 남성 버전으로 들려준다.

세계시인선 33   서정시를 쓰기 힘든 시대

1판 1쇄 펴냄 2018년 6월 30일
1판 2쇄 펴냄 2022년 8월 16일

지은이   베르톨트 브레히트
옮긴이   박찬일
발행인   박근섭, 박상준
펴낸곳   **(주)민음사**

출판등록 1966. 5. 19. (제16-490호)
주소   서울시 강남구 도산대로1길 62
          강남출판문화센터 5층 (06027)
대표전화   02-515-2000   팩시밀리 02-515-2007

www.minumsa.com

ⓒ 박찬일, 2018. Printed in Seoul, Korea

ISBN 978-89-374-7533-7 (04800)
      978-89-374-7500-9 (세트)

ISBN 978-89-374-7533-7 04800
ISBN 978-89-374-7500-9 세트
www.minumsa.com   값 11,000원